JN049748
霊能探偵・藤咲藤花は
人の惨劇を嗤わない
Author
綾里けいし
Illust. 生川

藤咲藤花
Toka Fujisaki

Saku Fujisaki

本を伏せると、藤花は亀のように首を伸ばした。大きく、彼女は口を開ける。

「あーん」

「あーんって口で言うな。ほれ」

一個ずつ、朔は藤花の口の中に蜜柑を入れてやった。彼女はもぐもぐと満足そうに食べる。

その隣で、朔は残り半分を食べた。引き続き、藤花は口を開く。

今日の藤花はクラシカルな黒のワンピースを着ていた。手袋もストッキングも全てが黒い。
夜の中に混ざる、美しい衣装だ。朔と藤花が初めて会った時に着ていた服でもあった。
黒の洋傘を杖のように突き、藤花は優雅に言う。
「少女たるもの、本番では装うべきですから」

「なに、簡単なことだとも」

再び、風が吹く。

煩わしそうに、少女は目を細めた。

桜の乱舞の中、彼女は口を開く。

凛とした声が、壁のような白を割る。

そうして、その囁きは朔の耳へと届いた。

「では、話を始めよう」

「何を」

何を話すことがあるのかと。

そう、朔は尋ねた。

上手く言葉にできぬままに。

彼が全てを言い切れなくとも、少女は頷(うなず)いた。まるで、全てを承知しているというかのように。思いのほか、慈悲深い。そう、朔は考える。あるいは、それもまた、朔がこの少女の存在を全く理解していないが故に、生じている誤解にすぎないのかも知れなかったが。

再び、彼女は口を開く。


「――たとえば、生と死について」

contents

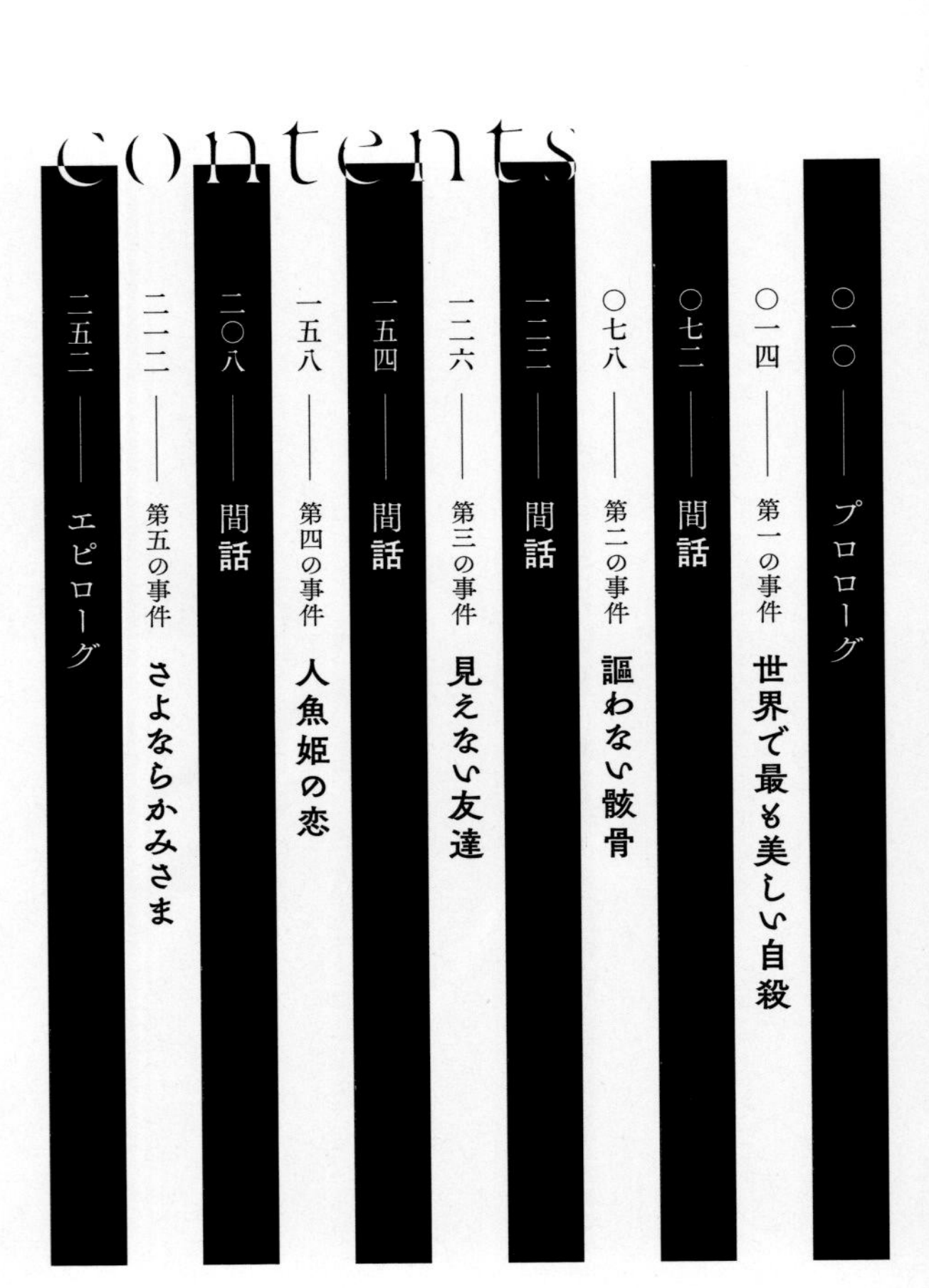

〇一〇 —— プロローグ
〇一四 —— 第一の事件 世界で最も美しい自殺
〇七二 —— 間話
〇七八 —— 第二の事件 謳わない骸骨
一一二 —— 間話
一二六 —— 第三の事件 見えない友達
一五四 —— 間話
一五八 —— 第四の事件 人魚姫の恋
二〇八 —— 間話
二一二 —— 第五の事件 さよならかみさま
二五二 —— エピローグ

design TANIGOME KABUTO(musicagographics)

霊能探偵・藤咲藤花は
人の惨劇を嗤わない

Author 綾里けいし
Illust. 生川

藤咲藤花

「かみさま」になりそこねた少女。
朔の家で堕落した生活を送る
傍らで探偵業を
している。

藤咲 朔

藤花の従者としての役目を
与えられた青年。
藤花に振りまわされつつ
面倒をみている。

プロローグ

桜並木は白く盛大に花をつけている。同時に、その盛りは少しばかりすぎてもいた。ゆえに花は一枚一枚、花弁を手離していく。柔らかな白が舞い、辺りは桜の海と化していった。

どうっと重く、風が吹く。

腹に響くような、鼓膜を押すような、そんなふうに空気は流れた。

藤咲朔(ふじさきさく)の視界は一面の白に染まる。

無数の花弁が宙を舞った。それらは地面に無惨に叩(たた)きつけられる。あるいは水面に軽やかに舞い落ちる。または空中へと再度投げ出され、くるりくるりといつまでも踊り続ける。

一連の様を見ながら、朔は息もできないような心地に陥った。

それだけ、花達は濃密に空間を埋めている。

まるで、人ひとりが立つ場所も許さないかのごとく。

だが、その中に、一点。

異質なものが、あった。

黒。

黒い少女だ。

花吹雪の中、少女が立っている。

その立ち姿は、辺り一面に振り撒かれた桜の白に背くかのようだった。

頑なほどに、彼女は黒一色だけを身に纏っている。クラシカルなワンピースは、貴婦人のドレスを連想させた。ストッキングに絹手袋も、そのすべてが夜のごとく黒い。

そして、彼女の顔は花に負けじと美しかった。まるで人ではないかのようだ。それだけ彼女の容姿は整っている。人でないのならば何かと問われれば、答えは一つしかなかった。

少女。

彼女は少女性の化身である。

黒でありながら、華麗な、可憐な、鮮烈な印象を残す――少女たるもの。

それが、ただの人とは異なる――彼女という存在だった。

また、どうっと風が吹く。

少女は黒髪を押さえた。

花弁を全身に受けながらも、少女の衣服が白く染まることはない。何故か、彼女の体には、花弁など一枚も張りつかなかった。それは一種の奇術のようで、奇跡のようでもある。

触れてはいけない。

触れてはいけないよと。

そう囁くように、花弁は少女を避けていく。

その不思議を、朔（さく）は当然のこととして受け止めた。

不意に、少女は笑った。

笑った、のだろう。

紅い唇は、確かに女のしなやかさをもって歪（ゆが）んだ。

そう、朔には見えた。

何もかもが幻想的すぎて曖昧（あいまい）だ。

現実味など、当の昔に失われている。

そんな光景の中で、少女は高みから聞こえるような声で囁（ささや）いた。

「では、話を始めよう」

「何を」

何を話すことがあるのかと。

そう、朔は尋ねた。

上手く言葉にできぬままに。

彼が全てを言い切れなくとも、少女は頷（うなず）いた。まるで、全てを承知しているというかのように。思いのほか、慈悲深い。そう、朔は考える。あるいは、それもまた、朔がこの少女の存在を全く理解していないが故に、生じている誤解にすぎないのかも知れなかったが。

再び、彼女は口を開く。

「なに、簡単なことだとも」
再び、風が吹く。
煩わしそうに、少女は目を細めた。
桜の乱舞の中、彼女は口を開く。
凛(りん)とした声が、壁のような白を割る。
そうして、その囁きは朔の耳へと届いた。

「――――たとえば、生と死について」

第一の事件　世界で最も美しい自殺

――彼女は、かみさまなのだよと言われてきた。

藤咲朔が、藤咲藤花と出会ったのは、七年前の春のことである。

当時、朔は十三歳、藤花は八歳の出来事であった。

現代としては異質なことだが、朔は藤花の従者となるため、彼女の前へ連れ出された。

十三歳の少年が、八歳の少女に仕えるため、片膝を地に着けながら顔を合わせたのだ。

黒一色を身に纏い、藤花は美しく朔を見つめた。

その日のことを、朔は今でも忘れたことはない。

白の中の黒を、ずっと覚えている。

また、彼女の下に着くまで、自身の手を引いていた母親の囁きも耳に残っていた。

『藤花様はね、かみさまになるのだよ』

その言葉を聞いた瞬間、朔は思わず身震いをした。

まだ小さな彼に、従者になる自覚などあろうはずもない。それでも自然と、彼は悟った。己は、大変なお方にお仕えすることになるのだなと。そう理解して、朔は唇を引き結んだ。

『かみさま』の従者となることは、藤咲の男子にとって最大の名誉とされている。

藤咲の家は、異能の一族だ。

その血を引く者は皆、現代にあってなお、特異な環境下で生きていた。

藤咲は数多くの分家を持つ。だが、家の実権は本家の『かみさま』ただ一人に握られていた。

家を旧(ふる)き生き物とするのならば、その心臓は間違いなく、『かみさま』ただ一人だけが務めている。それは、不安定で歪(いびつ)なことだ。それでも、藤咲は東の駒井(こまい)、西の先ケ崎(さきがさき)、十二の占女を揃(そろ)える永瀬(ながせ)、神がかりの山査子(さんざし)などよりも、よほど高く、家名を掲げている。

それは単に藤咲が傲慢(ごうまん)だから、だけではない。

方々へと、藤咲は強い影響力を誇っていた。

訪れる信者達から、本家は莫大(ばくだい)な奉納金を得ている。また、政治家や富豪に強力なコネクションを多数有しており、それらを活かして複数の事業を成功させてもいた。

その中心にいるのは、やはり『かみさま』だ。

『かみさま』がいなければ、藤咲家はたちゆかない。

だが、藤咲家は、――――例えば、同様に神を掲げる、預言の安蘇日戸(あそひと)の一族などとは異なり、

――宗教法人ではなかった。

藤咲家の『かみさま』は人である。

そして、現代にあってはならない『本物』だ。

藤咲の女達は異質な能力を持つ。中の一人だけが『かみさま』となる。そうして、人に望む

幻覚を見せ、死者の声や姿も届ける。それは隠しておかなければならないことだった。

当代の『かみさま』が亡くなるたびに、新たな『かみさま』が、藤咲(ふじさき)の女達の中から選ばれる。そう、藤咲藤花(とうか)が八歳、朔(さく)が十三歳のときに、当時の『かみさま』はあと二年ほどで亡くなると判断がなされたのだ。そして、藤咲藤花は『かみさま』の候補となった。

一族の女達は一様に思っている。『かみさま』になれなければ、生きる価値などない。そのため、皆は死に物狂いで『かみさま』になろうとした。

『かみさま』候補たちには一人ずつ従者が与えられる。従者は藤咲の男の中から選ばれた。

そして、朔は有力な『かみさま』候補の一人だった藤咲藤花に従者として二年間仕えた。

だが、結果として、藤咲藤花は『かみさま』にはなれなかった。

十歳のとき、『かみさま』は別に選ばれたのだ。

藤咲藤花は、所詮(しょせん)『かみさま』の『劣化品』程度の能力者だと判断されたのである。

以来、彼女は生きる目的を見失った。

それは当時十五歳であった朔もまた、人生の目標を喪失することにほかならなかった。


――彼女はかみさまなのだよと言われてきた。

――だが、彼女はかみさまにはなれなかった。

——そうして、かみさまは死んだ。


時は流れて五年。

従者のお役目から解放され、自由に生きることを許された朔は、現在大学に通っている。『かみさま』候補だった多くの娘達も、望みを絶たれ、ただの一族の娘としての生活に戻っていた。従者達もほとんどが己の『かみさま』候補から離れ、一人で生きている。だが、藤咲藤花と朔に関しては少しだけ事情が異なった。

彼女は十五歳でニートをしていた。

よりにもよって、朔のアパートで。

＊＊＊

炬燵(こたつ)の天板の中央には、蜜柑(みかん)の籠(かご)が置かれている。

その前にはハードカバーのミステリーが横たえられていた。隣には最近文庫化された飯ものの小説がある。斜め後ろにはソフトカバーの実話怪談が流行のサスペンスと重ねられていた。本の山の隣には、ポテトチップスの袋が丁寧に畳まれている。その上に箸(はし)が一膳、行儀よく添えられていた。指を汚さず食べるための、ライフハックを駆使した痕跡(こんせき)だろう。

試みは成功したらしい。袋を空にした主の手は綺麗なものだ。

細い指で、彼女は丁寧に紙のページをめくっている。

そう、少女。

一人の少女だ。

今、彼女は真剣な顔でデスゲームものの小説を読みふけっている。その頬は透けるように白く、肩にかかる髪は艶やかに黒い。読書に没頭する横顔は、この世のものとは思えないほどに美しかった。華麗にして可憐。ただの人間とは異なる、少女性の化身――。
・・・・・少女たるもの。
そう思わせる存在には、残念な点が一つあった。

彼女は、灰色のやぼったいジャージを着ている。

だが、何よりもがっかりさせられるのは外見ではない。

その中身の方だ。

そう、藤咲朔は知っている。

すうっと息を吸い込み、彼は彼女に声をかけた。

「おい、藤花」

「なんだい、朔君。見てわかるとおり、僕は今読書中なんだよ。本に集中する時、人はこの狭い世界とは異なる、別の光景を覗き見ている。その邪魔をするのはよくないね」

「お前な。また勝手に、表に看板を出しただろう」

「ぎくうっ」

「ぎくうっ、って口で言うやつ、お前くらいだろうな」

疲れた口調で、朔は告げた。

少女——藤花は恐る恐る顔をあげる。

猫のように大きな目が、朔を映して瞬いた。その常に潤んでいる表面には、朔の姿が映っている。長めの茶髪にそこそこの背丈。痩せた顔つきに全体的に薄い目鼻立ち。第三者に言わせれば『中性的』らしいが、朔からすれば常に『くたびれている』顔が見えた。

朔の疲労を知ってか知らずか、藤花は唇を尖らせる。

「だって、だよ。看板がなければお客様は来ないじゃないか？　所詮、僕は『劣化品』だとも。『劣化品』とはね、性能、品質などがより劣った品のことを指すのさ。つまり、本家様と比較した僕のことだよ。ハハッ、真実とはいえなかなかに辛辣な言葉じゃないか」

「『劣化品』は誰が言ってるわけでもなく、お前が好きで自称しているだけだけどな」

「失敬な！　単に、僕は事実を述べているだけだとも！　僕は謙虚なのさ。自分が『劣化品』であることをちゃんと自覚している！　偉い！　ううっ……ともかく、本家様の下にはひっきりなしに救いを求める客が訪れるというがね。『劣化品』である僕のほうにはそう多く来ることはないんだよ」

「……で？」

「だから、僕は慢心することなく、積極的に営業活動をしていかなければならない」

「そんな理由で、人の部屋の前にこんなものを掲げるな」

トンッと、朔は取り外した看板を炬燵の上に置いた。

長方形のプラスチック板だ。元はホームセンターで購入した安物である。扉にガムテープで貼ってあったところからして藤花にも本気でやる気があるのかないのかは怪しい線だ。

問題は、その表面に書かれた文字である。

『藤花霊能探偵事務所』とあった。

怪しさと胡散臭さを混ぜ、爆発させたような逸品だ。

しかも、藤花は探偵事務所の開業届を出していないとくる。

マンションを一棟所有でもしていれば話は別だろう。だが、朔の部屋では隣人の目もあるのだ。こんなものを置かれてはたまったものではない。朔の訴えはごく当然のものといえる。

だが、藤花は大袈裟に天井を仰いだ。続けて、彼女は炬燵の天板に突っ伏す。

藤花は、朔の行為を嘆いた。

「うわあああん、それ取ってきてしまったのか。せっかくつけたのに」

「うわああああん、って口で言うやつもお前くらいだ」

「この人でなし」

「看板を破壊されていないだけ、ありがたく思え」

「ははん、さては僕が『劣化品』だから差別しているな。劣化品差別だ。訴えてやる」

「誰に」

「朔(さく)君に」

「お前には俺しか頼れる人間はいないのか」

「いませんよ！　うわあああああんっ！」

朔の指摘に、藤花(とうか)は炬燵(こたつ)に入ったままごろごろと左右に転がった。そのままうつ伏せになり、彼女はおいおいと声を出す。だが、たまに朔の方をちらっと窺(うかが)った。黒い目は綺麗(きれい)に乾いている。朔の表情から分が悪いと判断したのか、藤花は再び泣いたふりに戻った。

参ってはいるだろう。だが、反省の色は見られない。長い付き合いだ、それくらいは見て取れる。朔は深い溜息(ためいき)を吐(つ)いた。わかってはいるのだ。

本気で嫌ならば方法は一つ。

ただ藤花を追い出せばいい。

『かみさま』ではなくなって以降、藤花は一族にとっての価値を失った。

以来、彼女の家は藤花をいないもののように扱っている。だが、決して邪険にしているわけではなかった。藤花が望めば、恐らく義務教育をやり直すことも可能なのではないだろうか。

だが、藤花はよりにもよってニートとなる道を選んだ。現在、彼女は十五歳なので高校生にあたる。ニートと呼ぶには早いかもしれない。だが、社会的な組織に属することを自ら拒んだ藤花は、引き籠(こも)りよりもニートと呼ぶによりふさわしかった。

朔のアパートで、彼女は日がな一日本を読んだり、ゲームをしたりしてすごしている。

彼女の分の生活費は、面倒を見てくれる者がいるのならばこれ幸いと、藤花の家から定期的に振り込まれていた。それをいいことに、藤花の日々はますます怠惰さを増している。

その様はニートそのものだ。

本気で怒ったほうがいいのかと、朔は定期的に思う。だが、しみついた従者根性のせいもあって、朔は藤花には強く出られなかった。かくして、藤花は朔の下に寄生を続けている。

また、時たま、彼女は自発的に動くこともあった。

『霊能探偵事務所』絡みのことは、藤花も積極的にこなそうとする。

それには理由があった。

藤花は、最早(もはや)誰にも必要とされなくなった、自身の能力の活かしどころを模索している、らしい。同時に、怪異にまつわる様々な逸話を解決しているという——本家の『かみさま』への対抗意識もあるのかもしれなかった。

忘れてしまえばいいのにと、朔は思う。

自分が『かみさま』に選ばれかけた過去など。

だが、藤花にとってはそうもいかないようだ。

そのせいで、藤花（とうか）は霊能探偵事務所の看板を掲げ続けている。

これが笑い話で済むのならばよかった。

困ったことに、本家様への量にこそ及ばないが、依頼はくるのだ。

しかも、定期的に。

（藤咲（ふじさき）の女の宿命って言えばそうだけど……なんで、コイツに頼ろうって人は思うんだ？）

丁度、朔（さく）がそう思った時だった。

ぽこぺんっと、藤花のスマホが間抜けな音を立てた。

嫌な予感がすると、朔は眉根（まゆね）を寄せる。

スマホを手に取り、しばし考えた後、藤花はメールのチェックを始めた。慣れた手つきで、彼女は文面をスクロールする。

やがて、藤花は大きく頷（うなず）くとスマホを炬燵（こたつ）の天板の上に戻した。思わず、朔は尋ねる。

「誰からだった？」

「うーん、依頼」

やはり、だ。朔の勘はよく当たる。

『霊能探偵』として、藤花はホームページとブログを開設していた。そこに記載のメールアドレスから、定期的に依頼は届くのだ。

今のように。

頭痛を覚え、朔は自身の額を押さえた。しかし、藤花の様子は妙だった。

彼女には依頼にはしゃぐそぶりも、動き出そうとする気配もない。相変わらず、藤花は炬燵の中で本を読み続ける。ふむと、朔は炬燵布団をめくり、藤花の隣に入った。

籠の中の蜜柑を一つ手に取り、彼は剥き始める。

本を伏せると、藤花は亀のように首を伸ばした。大きく、彼女は口を開ける。

「あーん」

「あーんって口で言うな。ほれ」

一個ずつ、朔は藤花の口の中に蜜柑を入れてやった。彼女はもぐもぐと満足そうに食べる。その隣で、朔は残り半分を食べた。引き続き、藤花は口を開く。朔はその額を叩いた。

「いてっ」

「次のは自分で剥きなさい」

「ちぇっ、おーぼーだぞ、朔君」

「誰が横暴か」

「なんてことだ。朔君が甘やかしてくれなくなったら、僕は誰に頼ればいいんだい？」

「安心しろ。人間には誰でも自分自身がついている」

適当に答えると、朔は新たな蜜柑を剥いた。だが、隣では、再びあーんと小さな口が開けられている。結局、朔はその中に蜜柑を全て入れてしまった。内心、朔は溜息を吐く。

かくも、朔（さく）は藤花（とうか）に甘い。

もぐもぐしている彼女に、朔は尋ねた。

「で、その依頼は受けないのか？」

「受けないとも。いやー、だって、霊能探偵には荷が重いでしょう」

炬燵（こたつ）に、藤花は顎（あご）をのせる。艶（つや）やかな黒髪が、天板の上に扇のごとく広がった。

そうして、彼女はへらりと笑う。困ったような口調で、藤花は続けた。

「内臓落下連続殺人事件の解決依頼なんてさ」

＊＊＊

内臓落下連続殺人事件。

最近、巷（ちまた）を賑（にぎ）わしている猟奇殺人だ。

事件概要は、被害者から抉（えぐ）り出された内臓が、屋上から投げ落とされるというもの。

犯行方法は監視カメラのない夜道で人を襲い、別の場所——恐らく犯人の居住地と見なされている——で刺殺、解体、遺体の一部を高所から投下するという、ごくシンプルなものだ。

警察には、快楽目的の異常者による犯行と見なされている。

「ある人から、メールをいただいたんだよね……霊能探偵さんに解決してもらえませんかって。しかし、残念だが『劣化品』には荷が重いとも！　それに……これだけ、犯人は派手に動いている。犯行頻度もどんどん短くなってきている始末だ。自制が利いていない……僕が何をしなくとも、遠からず、犯人は警察に捕まることだろう」

そう、藤花は流れるような口調で断定した。彼女の言う通りだろうと、朔も頷く。

これだけの事件を起こしている犯人が、逃げおおせる展開はまずありえない。日本の警察は無能ではないのだ。犯人は派手に動きすぎた。間違いなく、逮捕されるだろう。

だが、藤花は意外な言葉も続けた。

「まあ、動機の面に関しては、僕は警察とは別の見解を持っているけれどもね」

「――――そうか」

朔は頷き、神妙な声を出した。

藤花が言うのならば、そうなのだろう。

こうした面に関して、朔は藤花のことを信用していた。今まで、藤花が犯人の動機を予測し、それを外したことはない。だが、話を続ける前に、藤花はぱたぱたと手を動かした。

お茶の催促だ。

「大豆茶でいいか？」

「いいともー」

朔は立ち上がった。台所に行き、彼女専用の猫柄のマグカップに作り置きの大豆茶を注いでやる。少し冷たいかと、わざわざ電子レンジで温めてやった。ふむと、朔は自分の甘さに鼻を鳴らす。少し後悔しながら朔が持って行くと、藤花はやったーと腕を突き出した。

藤花はマグカップを受け取る。ご機嫌な様子で、彼女は人肌の温度の大豆茶を啜った。

朔は炬燵の中へ戻った。深く、彼は溜息を吐く。

蜜柑といい、大豆茶といい、アパートへの居座りの許可といい、万事がこの調子だった。

もう、藤花は朔の主ではない。

だが、彼女に仕えた短い日々の間にも、主従の関係は確立してしまっていた。まあ理由はそれだけではないが、彼は彼女に甘いままでいる。甘々も甘々だ。

もう少し自分を律しなければと、朔は思う。だが、この決意が成功した試しはない。

「ありがとうね、朔君」

「おう」

今も、藤花の無防備な笑顔に、口元が思わず緩む始末だ。

何度かにわけて、藤花は大豆茶を口に運ぶ。それから突然、彼女は話を再開した。

「数週間前、ＳＮＳを騒がせたある事件があったんだよ」

藤咲藤花はニートだ。

その分、彼女はネット上の情報には敏感だった。

スマホを軽やかに操作し、彼女はある話題に関してのツイートを検索、表示する。

その画面を、朔は覗き込んだ。目を細めて、彼は多量の文面を眺める。様々なアカウントが一つのことがらに関して語っていた。異様、とも称せる言葉が、次々と目に飛び込む。

【天使の自殺】

「ああ、その事件か」

それについては、朔も知っていた。

事の発端は、あるアカウントによる投稿だった。

奇跡的に美しい写真。

その被写体に問題があったのだ。

ソレは、少女の飛び降り死体を写していた。

『天使の自殺』とだけ文言の添えられた画像。

内臓や破裂した眼球など、グロテスクな詳細は上手くぼやけていた。

ただ、白の可憐な服を紅に染め、一人の少女がフレームの中心に遠景で収められていた。奇跡的に人の途切れた路上には、偶然にも羽根に似た形で血痕が飛び散っていた。ソレは少女の死の美しさ、神秘性を存分に引き立てていた。

そのツイートには、数十万を超えるRTといいね！　がついた。

当初は本物の死体か否かも疑問視された。だが、複数人の手により、別アングルからの写真も投稿されたことから、その疑問は解消された。

少女の死体は本物だった。

やがて、写真は強制削除された。

程なくして、少女はいじめを苦に投身自殺を遂げたものと報じられた。

警察も事件性はないものと判断した。

だが、SNS上では、『天使の死体』の投稿者による殺人説がまことしやかに囁かれた。しかし、噂とは真逆に、投稿者は偶然現場に居合わせ、写真を撮影しただけの第三者である旨が確認された。警察に、撮影者は厳重注意で済まされた。

言葉にすればそれだけの事件である。

少なくとも、朔はそう認識していた。

「だが、この事件を機に変わったものがいろいろとあってね」

ずずっと、藤花はお茶を啜った。丁度いい温度だよと、彼女は舌鼓を打つ。

朔は首を傾げた。どうにも、藤花の言うことがしっくりこない。

アレは、ただSNSをにぎわせて終わったものではなかったのか。

「変わったって……何が?」

「『天使の自殺』はあくまでも偶然の産物、奇跡の一枚だ。だが、ある種の社会実験的役割を果たしてしまった。『あまりに美しかった時、自殺死体は偶像となり得るのか?』」

「――偶像？」

「答えは『是』だ」

ごくりと、藤花はお茶を飲み干した。彼女の答えを、朔は自分の中で反芻（はんすう）する。

自殺死体は偶然（イコン）となり得るか――是。

自殺死体が偶像化される。

その意味が、朔にはよくわからなかった。

だが、当然のように、藤花はその結果起こった変化を語った。

「『天使の自殺』の投稿以降、SNS上では若者の『美しい自殺』の投稿が問題視されるようになった。自殺未遂を起こして、死にかけの姿をなるべく綺麗（きれい）に見えるような形でツイートするんだ。憧（あこが）れからくる真似（まね）だね。また、社会全体の注目もスライドした――自殺から、より美しい自殺へと」

「悪趣味な話だが……それは、どういうことなんだ？」

「『つまり、ただの自殺では見向きもされなくなった』」

冷たい事実を、藤花は語る。

ただ死ぬだけでは、見向きもされない。

その言葉に、朔は悪寒を覚えた。だが、首を横に振って、彼は当初の疑問に話を繋（つな）げる。

「で、……それが、内臓落下連続殺人事件とどう繋がるんだ？」

「様々な屋上から内臓が投げ捨てられるようになったのは、『天使の自殺』よりも後の話だ……僕はね、朔君」

指の先で、藤花は蜜柑を転がした。橙色はころころと、彼女の指に従って動く。ひとさし指で、彼女は蜜柑を天板の端まで持っていった。そこで、藤花は動きを止める。

蜜柑の投身自殺を停止させて、彼女は囁いた。

「犯人の目的は、『究極的に醜い自殺』だと思う」

そう、藤咲藤花は犯人が内臓を投げ捨てる理由を推測した。

＊＊＊

灰色のビルの屋上には冷たい風が吹いている。季節は十二月だ。日によっては雪のちらつく気温が続いている。夜空は高く、澄んで見えた。闇の中には、星が僅かに輝いている。

茶色のダッフルコートのポケットに手を突っ込み、朔は辺りを見回した。

この周辺の建物は、関連企業の業績悪化を受け、軒並み廃ビルと化している。重苦しい灰色の視界に、人の働く電気の灯りは見られない。

今ではもう、警察の非常線は解除されていた。だが、恐れを知らぬ見物人が来る時期も過ぎたのだろう。屋上は人気もなく、閑散としている。

朔と藤花は、一件目の事件現場に立っていた。

藤花が『続きを語るには雰囲気が必要だと思う。あと、帰りにコンビニで肉まんとアイスを買わなくてはならない』と謎の主張をした結果だ。藤花は、食料の入手についてはアグレッシブになるタイプのニートである。最も、ここに来た理由はそれだけではなさそうだが——ギンガムチェックのマフラーに顔を埋めながら、藤花は言う。

「一件目で落とされたのは子宮だったね」

「……………ああ」

朔は眉根を寄せる。

人が殺され、臓器を取り出され、投げ落とされた。

実に嫌な事件だ。

低いフェンスへ、藤花は近づく。

恐らく、子宮はそこから投げ落とされたはずだ。

遥か遠くの道路を見下ろしながら、彼女は続ける。

「人体の一部を投げ落とす、だけで、快楽目的の猟奇殺人にしては一貫性や法則性は見られない。死体の残りの部位は見つかったものもあれば、まだ発見されていないものもある。事件の情報は初期のもの……しかも、報道規制が敷かれていなかった頃のものに限られるとはいえ、性的な悪戯がなされていたという話も聞かない。そして『天使の自殺』以降、繰り返される『人の体を投げて落とす』という行為……ここから僕は考えたんだけどね」

「うん」

「恐らく、犯人は『自殺ができなくなった人』だよ」

「自殺ができなくなった人？　殺人者が、か？」

理解できない言葉だ。朔は眉根を寄せる。

うんと、藤花は頷いた。これは推測だけどねと前置きして、彼女は続ける。

「美しい自殺がもてはやされ、ただの自殺では見向きもされなくなった……故に、犯人は抗議活動を開始したんだ」

「待ってくれ」

朔は額を押さえた。澄んだ目で、藤花は朔を見つめている。言われた内容と陰惨な事実を、朔は脳内で並べた。人を殺し、その内臓を屋上から投げ落とす。

それが抗議活動？

「自殺に美しさを見いだす世相へのアンチテーゼだよ。内臓を屋上から落とすのは『他人の体を使った最も醜悪な飛び降り自殺』だ。恐らく犯人には殺人をしているという意識すらない」

「他人を殺して、その体の一部を投げ落としているっていうのに？」

「うん、犯人にとって、アレはあくまでも『飛び降り』にすぎないんだ」

さらりと、藤花は語った。必死に、朔は想像をしてみる。

内臓も人体の一部だ。それを投げ落とす行為もまた、ある意味では『投身』と言えるのかもしれない。だが、やはり理解し難い話だった。

朔の混乱を省みることなく、藤花は先を続ける。

「犯人にとって、あの行為は社会への抗議活動以上の意味はないよ。そうして、自殺の醜悪さを世間に見せつけた挙句に、最後には己も自殺するつもりでいるんだろう。僕は内臓落下連続殺人事件の犯人像を、『そういうものだ』と踏んでいる」

「だが、誰もそうとは捉えていない」

朔は言った。藤花は頷く。彼女は手袋に包まれた指を空中で振った。

「問題はそこさ。当然のことながら、世間は犯人の抗議活動を『殺人』と捉え、『天使の自殺』とわけて考えてしまっている。恐らく僕意外に犯人の目的に気づいた人間はいない」

朔は眩暈(めまい)がするのを覚えた。藤花の言うことはめちゃくちゃだ。理屈になってはいない。だが、正解だろうという確信はあった。

今までにも、藤花はこうして犯人の動機を言い当ててきている。何よりも、藤咲(ふじさき)の女達は異常に慣れ親しんでいた。破綻(はたん)者の心情を、彼女達はたやすく理解してみせる。

藤花も同じなのだ。彼女には壊れた心がよくわかった。

胸に手を押し当て、藤花は当然のように語る。

「だから、今のところ犯人の目的は達されていない。この抗議活動が認められるまで、彼、もしくは彼女が、どれだけの人の部位を落とし続けるつもりかはわからないね……ふむ」

不意に、藤花は何かを考え込み始めた。朔は嫌な予感を覚える。

両腕を広げ、藤花はもこもこに厚着をした自分の体を眺めた。彼女は若い女性だ。小柄で、いかにも非力そうでもある。内臓連続落下殺人事件の被害者の報道は、途中から詳細を伏せられていた。だが、常識に照らし合わせれば、藤花は犯人に選ばれやすい被害者像と称せるだろう。いいことを思いついたというふうに、藤花は口を開く。

「ねえ、朔君」

「お断わりだ」

聞く前に、朔は断わった。どうっと、重く冷たい風が体を撫でる。早くアパートに帰って炬燵に滑りこみたいと、彼は思った。ぐずる藤花を風呂に入れ、頭を拭いてやり、速やかに寝る準備をするのだ。だが、藤花は動かない。彼女は澄んだ目で朔を見つめ続ける。

「僕はあることに気づいたんだ。だから、この依頼はやっぱり受けないといけないと思う」

「一度は断わったんだろう?」

「これ以上、被害者が出るのも、さ」

「遠からず、犯人は捕まる」

「ねえ、朔君」

「嫌だ」

「わかった。君が寝た頃に、一人でアパートを抜け出すとするよ」

「待った」

　それはごめんだと、朔は思った。考えうる限り、最悪の展開だ。

　朔はバイトで一人部屋を抜けることも多い。その時に行動に出られでもすれば一番迷惑だった。朔には多大な自覚がある。なんだかんだで、彼は藤花のことを大切に思っていた。

　彼女が一人、危ない目に遭うなど論外である。だが、やはり藤花は覚悟を決めた顔をしている。頭痛を堪（こら）えながら、朔は言った。

「お前は犯人に遭遇する気だろう？」

「うん、そう」

「警察も探して、見つかっていない相手だ」

「そうだね」

「簡単に会えるとは思わないほうがいい」

「わかってるよ」

「一週間だ。それで会えないようならやめる。いいな？」

「……わかった。それでいいよ」

そう、藤花は大きく頷いた。彼女は一度目を閉じ、開く。

大きな黒い瞳を見て、朔はどきりとした。

また、この目だ。

時折、藤花は朔を突き放すような目を見せる。そんな時、彼女は己の死について、まるでそれを望むかのように振る舞うのだ。凪いだ湖面のように穏やかに、藤花は囁く。

「本当は、君について来てもらわなくてもいいのだけれどもね」

朔は眉根を寄せた。藤咲藤花は、犯人と遭遇するつもりでいる。更に今、そこには己が死んだとしても構わないという決意が覗いてすらいた。何故と、彼は尋ねる。

「……なんだって、急にそこまでやる気になったんだ?」

「一番の理由は別にあるんだけれども……まずは、ね。メールをくれた、お嬢さん……一件目の被害者の妹さんなんだってさ」

へらりと、藤花は微笑んだ。困ったような顔で、彼女は再度フェンスに向き直る。そこからはどこまでも寂しい光景が広がっていた。虚空を眺めながら、藤花は続ける。

「妹さん、お姉さんと仲がよかったそうだよ。お姉さんが死んでしまって、まるで世界が変わってしまったようだって。何を見ても、何を食べても、何も感じないんだって……」

「そう、か」

「解決を約束するだなんてことは、たかが霊能探偵にはできやしない。でも、やれることがあるのなら、やらないと……泣いている人がいて、悲しんでいる人がいる。僕に何かができるのならば、この力にだってきっと意味があると言えるだろう？」

「意味なんてなくたっていいんじゃないのか？」

「それじゃあ、駄目なんだ」

　藤花はそう応えた。大きく、彼女は首を横に振る。まるで生きる理由を求めるかのように——あるいは、まるで誰かと約束でも結んだかのように、藤花は続けた。

「意味は、探し続けないと」

　藤花の声には重い決意が滲んでいる。だが、彼女は再度朔を横目で見た。

　曖昧に笑って、藤花は続ける。

「朔君、僕はね。君の命を賭けるにはどこまでも値しない人間だ。藤咲藤花に『生きる価値などない』。そう、他でもない僕は知っている……だから、僕は僕だけで探したっていいんだよ。うん、本当はそうするべきだ。そうしよう」

「うるさい、馬鹿なことを言うな。お前がどんなに嫌だって言ったって、行くからな」

「本当に、朔君は……でも、」

　そこで、藤花は一度口を開いた。何事かを、彼女は言葉にしようとする。だが、するりと、藤花はそれを喉奥に閉まった。これも、まただ。藤花はよく朔に何かを告げようとしては、その度に固く口を閉ざした。彼女の隠している言葉をうながす術を、朔は持たない。

しばらく、沈黙が続いた。

話を切り替えるように、藤花は語り出した。

「……それにね。最たる理由を語ろう。さっき言った通り、実は犯行現場まで来て気がついたことがあるんだ。きっと、犯人は内臓を投棄している際の写真なども撮っているはずだ……僕がなさなくてはならないと思う理由はそこにある……もしも、僕が犯人に警察よりも早く遭遇できるとすれば、このままだと起こりえる、ある恐ろしい結果を防ぐことができるかもしれないから」

「ある恐ろしい結果?」

低い声音で、朔は尋ねた。藤花は彼を見上げる。薄く、彼女は笑みを浮かべた。

「………このままだと、内臓落下連続殺人事件よりも、たくさんの人が死ぬかもしれない」

その不吉な予言の根拠を、藤花は続けなかった。

だが、朔にはわかっていた。

彼女の予言じみた言葉は必ず当たるのだ。

それが運命で、真実だと言うかのように。

＊＊＊

ホットスポットと呼ばれる場所がある。

監視カメラや街灯が設置されていない、など――なんらかの理由で犯罪が頻繁に起こり、集中してしまう場所だ。当然、そこは警察も把握している。巡回も多く行われていることだろう。だが、内臓連続落下殺人事件の犯人の活動範囲は多岐にわたった。

警察も全域をカバーできているわけではない。

故に、藤花と朔はそこを重点的に回ることとした。

だが、内臓連続落下殺人事件において、二人組が襲撃された例は今までにはない。

ならば、今回も何も起こらずに終わればいい。

朔はそう思った。だが、彼の中には真逆の嫌な予感があった。それでは、絶対に済まないだろう。何せ、藤花は藤咲家の女だ。藤咲の女は、不吉な事象や陰惨な出来事を惹きつける。しかも、藤花はかつて『かみさま』候補だった娘だ。その血は特に濃く、藤咲の宿命を体現している。彼女が求めるのならば、恐らく『何か』には遭遇することだろう。

そういうものだ。

冬の夜の底を、二人は水を泳ぐ魚のようにさまよった。廃車が田んぼに突っ込んだ横を歩き、住宅がすべて背を向けた道を進む。壊れかけた街灯の下に立ち、朔は白い息を吐いた。

ポケットの中に、彼は冷えたホッカイロを仕舞った。先程まで、藤花が使っていたものだ。

彼女には新しい品を渡してある。隣に立つ小さな頭に向けて、朔は語りかけた。

「まるで、世界が終わった後みたいだな」

「それで君と二人きりか。いいね。実に過不足ない世界だ」

両腕を広げて、藤花は笑った。恥ずかしげもなく、彼女は言葉を紡ぐ。

思わず、朔は照れた。だが、保護者心が先に立ち、彼は口を開く。

「お前、そういうことを誰にでも言うんじゃないぞ。勘違いさせるからな」

「安心したまえ。朔君以外には言わないとも。朔君以外の誰かと一緒でも、過不足ない世界になんてならないからね。僕に必要なのは朔君だけさ……それはずっと、変わらない」

何故か、どこか寂しげに藤花は応えた。彼女は月を仰ぐ。歌うように、藤花は語った。

「ああ、今も昔も、世界が僕と朔君だけだったのならよかったのに」

まるで、何かを悔やむような声だった。

ずっと遠くに終わった何かを、悲しむような。

首を傾げながら、朔は月を眺める。

白い丸型が、美しく光っていた。

その明るさから逃れるように、藤花は足を躍らせる。細い背中を、朔は追った。暗い方へ、二人は足を進める。特に当てもなく、彼らは陰から陰へと渡り歩いた。

　人気のない道路の半ばで、藤花は不意に声をあげた。

「朔君、あそこ」

「うん？」

　藤花は高架下の短いトンネルを指差した。彼女は足を急がせる。彼らは狭い中へと入った。壁には落書きが描かれ、空き缶や煙草が転がっている。そこで、二人は足を止めた。

　ジジッと、蛍光灯が瞬く。

　間近で、車の音がした。

「――――っ！」

　瞬間、朔は藤花を抱き締めた。路面を蹴り、彼は後ろへ下がる。

　間近を、太い車体が猛烈な速度で通りすぎた。白いライトバンだ。避けなければ、確実に轢かれていたことだろう。じっと、朔は藤花を守りながら車体を睨む。

　そのまま走り去るかと思ったが、ライトバンは急停止した。

　中から、人が降りてくる。

　かつんと、硬い足音が響いた。

　黒い影が二人を見る。相手は眼鏡と厚手のマフラーをしていた。顔は定かではない。

ただ、細身のシルエットから、朔は意外な事実を知った。

（……女だ）

急に、女は路面を蹴った。

ぐっと、彼女は朔に迫る。

慌てて、朔は藤花を突き飛ばし、避難をさせた。同時に、彼自身は大きく体を反らせた。

直ぐ傍で、バチッと改造されたスタンガンが鳴った。首筋に当てられれば、昏倒は免れないだろう。路面を短く蹴り、朔は慌てて女と距離を開いた。

彼は犯人らしき人間と、次いで藤花に呼びかける。

「アンタは何者だ……それとおい、藤花！　コイツを探し出して……えーっと、話したいこととか、何かがあったんじゃないのか？」

「ちょ、ちょっと待って……突き放された時、目が回って……よ、よし、君！　わっ！」

そこに、犯人の蹴りが奔った。

柔らかな腹に爪先がめり込む前に、朔は藤花を引き寄せた。もう一度、彼は犯人と距離を取る。蛍光灯がまたジジッと震えた。その表面に、羽虫が何度も何度もぶつかっていく。

朔は視線を犯人らしき女に戻した。彼女は藤花の顔をじっと見ている。

どうやら、藤花に惹かれるものがあるらしい。ブツブツと女は呟いた。

「綺麗な子……貴方を醜く自殺させたのならば、世間の目も変わるのかしら。今まで死んだ者達にも、目を向けてくれるようになるのかしら。自殺は美しいものではないと、そう、当然のことをわかってくれるのかしら」

「藤花……どうやら、お前の言っていた動機だけどな、当たりらしいぞ」

「そのようだね。だからと言って、許すわけにはいかないのだけれどね」

「貴方達に何がわかるの？」

急に、犯人は吼(ほ)え立てた。

意外にも、こちらの声は聞こえていたらしい。犯人は地団駄を踏んだ。硬いショートブーツの底が、コンクリートを叩(たた)く。まるで子供が泣くように、彼女は必死になって訴えた。

「貴方達に何が……何が……何がわかるのよ。ねえ、わかるのなら言ってよ。わかるのならば教えてよ。貴方にはわかるっていうのなら、言ってみせてよ！」

「おい、藤花、コイツまずいぞ」

「わかるとも。自殺をできなくなった人がいる。その背景にもまた、きっと悲劇がある」

不意に、藤花は言い切った。

ぴたりと、犯人は動きを止める。

じっと、藤花は犯人を見つめた。澄んだ目をして、彼女は言い切る。

「少女たるもの、人の不幸はわかるものだ」

胸に手を押し当て、藤花（とうか）は断言した。その口調は穏やかで、ひどく優しい。

犯人は口を開こうとする。

その時だ。遠くからにぎやかな人の声が聞こえてきた。学校の話題や、馬鹿げた冗談の飛び交う様が耳を打つ。アルバイト帰りの大学生達が、高架下を通ろうとしているらしい。

瞬間、犯人は迷いなく動いた。彼女は路面を駆けると、ライトバンに飛び乗った。急速に、犯人はアクセルを踏み込んだのだろう。ライトバンのタイヤが猛烈な軋（きし）みをあげた。人を轢（ひ）き殺しかねないような勢いで、車は発進する。犯人は去っていった。

後には、藤花達が残される。

じじっと、蛍光灯が震えた。

その表面にぶつかった羽虫が、真っ逆さまに落下した。

＊＊＊

アレは内臓連続落下殺人事件の犯人で間違いない。

そう、朔（さく）と藤花は確信した。だが、交番に行っても、警官の反応は芳しくなかった。連れ去られかけたことを報告しても、担当の中年男性はあからさまに証言を信じようとはしなかった。彼は適当に話を聞いて、二人を早々に帰した。この情報を捜査に活かせば、僅かでも何かが変わるかもしれない。それなのに残念な話だ。だが、わかっていたことでもあった。

今までも、幾つかの事件で経験していることだ。

全ての警察関係者が、猟奇事件解決に対して前のめりなわけではない。

何よりも、交番の警官は事態を小さく収めたがっているように見えた。

警察署に直接通報をする手もあるだろう。

だが、一時、二人は家に帰還した。犯人とは、早急に別の形で決着をつけなくてはならない。

そう、わかっていたからだ。

扉を開くと、藤花は踊るように中へ入った。鼻を赤くしながら、彼女は言う。

「うー、寒い、寒い、すっかり冷えてしまったね」

「藤花、まずは手洗いうがい」

「うう、わかっているけれどね。今日は見逃しておくれよ」

炬燵の中に、藤花は滑り込んだ。猫のごとく、彼女は身体を丸める。

続けて、彼女は天板の上に買ってきたものを投げ出した。肉まんと餡まんとカップアイスだ。すべて襲われた後に、購入したものである。食料の入手に関しては、藤花はどこまでもアグレッシブなニートだった。早速、彼女はアイスの蓋を開ける。

ほこほことした笑顔を、藤花は浮かべた。

「冬の日のバニラアイスは、この世への福音だねえ」

「藤花（とうか）、アイスの蓋（ふた）の裏、行儀悪いから舐（な）めるなよ」

「舐めないよ！　『劣化品』差別だよ！　訴えてやる！」

「俺にか」

「うん！」

元気よく、藤花は頷（うなず）いた。まだぶつぶつと文句を言いながら、彼女はアイスを掬（すく）う。

口の中に白色を放り込みながら、彼女は不機嫌に続けた。

「さて、僕達は犯人には遭遇した。だが、逃げられてしまったね……どうにかして、彼女ともう一度話をしたいんだけれども……うん？」

スマホを点け、藤花は首を傾げた。その表情が急に強張（こわば）る。美しい横顔から朔（さく）は悟った。

どうやら、何かがあったらしい。

もっとよく探ろうと、朔は首を伸ばした。彼の意図を察してか、藤花はスマホを傾ける。

彼女は彼に画面を見せた。にぎやかなツイートが、一斉に朔の目に映る。強い語調の言葉が縦一面に並んでいた。藤花は画面をスクロールする。どこまでいっても、人々の主張は続いていた。大勢の人間が怒鳴り合っているような錯覚を、朔は覚えた。

スマホを軽く振って、藤花は言う。

「ちょうどいいハッシュタグもできているね」

「『天使の自殺』偶像化反対？」

どうやら、ある切っ掛けからハッシュタグは作成されたようだ。

新進気鋭の小説家が、『天使の自殺』を執筆することにしたらしい。報告ツイートの返信欄はファンからの期待の声と、反対の罵声（ばせい）で埋め尽くされていた。

議論は周囲にも波及している。

せっかく落ち着きかけていた『天使の自殺』を再注目させることに対しての功罪、あの事件を分析することに対する社会的意義などについて、様々な意見が飛び交っていた。ハッシュタグをクリックし、藤花は『天使の自殺』の偶像化に反対するツイートを検索していく。メモ代わりに、彼女は幾つかをいいね！　した。彼女は数点の歪（いびつ）な文章に目をつける。

『自殺を取り返せ』

『天使の自殺を偶像化するな。自殺は本来美しいものではない。悲劇的なものだ』

『我々はこのように死を扱うべきではない。死とは本来醜悪なものだ』

『天使の自殺のせいで多くの若者が命を絶っている。それは馬鹿らしいことではないのか』

思わず、朔は声に出してツイートを読み上げた。彼は眉根（まゆね）を寄せる。

「まるで、一人の人間が複数のツイートをしているみたいだな」

「うん、そうも見えるね。だが、違うんだ。恐らく、これらは全部別人がツイートしている」

「お前は何かを探しているみたいだが……この中から、目当てのツイートを絞れるのか？」

「えーっと、ここから更に条件を追加して、と……最近起こった死の話題ということで、内臓連続落下殺人事件についても触れているアカウントがいくつかあるね」

キーワードを追加し、検索をかけ、藤花(とうか)は幾つかのツイートを絞りこんだ。

『天使の自殺』の話題とともに、間近な事件についても触れている文面が表示される。

『内臓落下連続殺人事件についてもそうだ。こんな自殺騒ぎにいつまでも目を向けているより、もっと他の悲劇について我々は嘆くべきなのではないだろうか』

『手近なところだと、内臓落下連続殺人事件があったな。同じ屋上で人が殺される事件だって起きているのに、小説化なんて呑気(のんき)なことだ』

『内臓落下連続殺人事件。彼女達の死について、我々はもっと注目を向けるべきなのだ。【天使の死体】を偶像化している場合ではない。私達は天使ではなく、隣に、間近に目を向ける必要性がある。自殺は天使のものなんかじゃない。人間のものだ。血が通い、肉のある、人間のものなんだ』

中には百四十文字に収まらず、複数のツイートに渡っている訴えもある。一連の言葉に対して、朔(さく)は特に違いを見出せなかった。だが、藤花は口元を曲げた。短く、彼女は言う。

「ビンゴ」

藤花は最後のツイート主のアカウントをクリックした。

アイコンには、目を閉じた女性の写真が使われている。

醜くも美しくもない、平均的な顔立ちの女性だ。肌は青白く、その瞼はよく見れば薄く開いていた。首筋には黒色の飛沫型の特徴的な影の加工が施されている。

それを眺めながら、朔は首を傾げた。

「おい、藤花。その人のツイートは他と何が違うんだ」

「最初に捨てられたのは子宮だった。だから、一人目の被害者は女性だとわかる。だが、他の事件の被害者像は、報道時詳細を伏せられているんだ。なのに、最後のツイートには内臓落下連続殺人事件の被害者について『彼女達』と記している」

「なる、ほど」

「この人物だけは、他の者達が持っていない情報を持っている……………つまり、犯人だね」

淡々と、藤花は恐ろしい事実を宣言した。

犯人と聞き、朔はライトバンに乗る女を思い出した。ならば、このアイコンの写真が、女の素顔なのか。だが、朔は違和感を覚えた。何故、目を閉じた写真を使ったのだろうか。

理由は、考えてみてもわからなかった。

更に、藤花は幾つかの操作をしていく。

「ああ、この人はメッセージを誰からでも受け取る設定にしているねぇ」

相手に向けて、藤花は短いメッセージを何個か送った。その内容を、朔は盗み見る。同時に、ぎょっとした。それは犯人に送るには、あまりにも危険なメッセージだった。

貴方に会いたい。

他でもない、貴方に。

「お、おい」

「ほら、返信がきたよ」

ぽこぺんと、藤花のスマホが間抜けな音を立てた。大丈夫なのかと、朔は心配になる。だが、忠告をする暇もなかった。爆速で、藤花はフリック入力を始めた。彼女の横顔は真剣だ。同時に、藤花は片手で餡まんを食べ進めた。しばらくの間、やり取りは続く。

やがて、藤花は餡まんを食べ終えた。メッセージのやり取りも終わる。

スマホを炬燵の上に戻し、彼女は言った。

「会うことになったよ」

藤花はある場所を指定した。

あの灰色のビル。

第一の事件の屋上だ。

＊＊＊

夜の闇(やみ)の中に、白色が落ちていく。

雪が降っていた。

ふわふわと白の舞い落ちる様は、動いているのにまるで静止画のようだ。

その様は桜に似ている。だが、全然違うなとも朔は思った。彼にとって桜とは暴力的な美の具現化だ。それは『かみさま』の象徴でもある。あの庭、遠い光景を朔は思い出した。

桜に彩られた世界。

どこまでも続いているようで、閉じられた、『かみさま』の棲(す)む、歪(いびつ)な鳥籠(とりかご)。

本家の『かみさま』に対する執着心は異常だ。世間を隔絶して閉じられた籠の中、本家の『かみさま』は今どうしているのか。彼女にはあの事件があったというのに——だが、首を横に振って、朔は目の前の光景に集中しようと試みた。

今の雪はあくまでも穏やかに、優しく降り注いでいる。

白の中に、藤花は立っていた。

彼女の前には一人の女がいる。

黒い女が、こちらを見ていた。

「貴方が私に会いたいと言った。ほかでもない私に。『天使の自殺』より私に興味があると」

「ええ、そうメッセージをお送りしましたね。きっと、貴方だと思ったから」

藤花は応える。じっと、彼女は女を見つめた。

女は目を瞬かせる。彼女に向けて、藤花は告げた。

「数日ぶりです。覚えていらっしゃいますか？」

「ええ、覚えているわ。不思議と貴女な気がしたから。でも今日は随分と恰好が違うのね」

ライトバンの女はそう囁いた。藤花は頷く。

今日の藤花はクラシカルな黒のワンピースを着ていた。手袋もストッキングも全てが黒い。夜の中に混ざる、美しい衣装だ。朔と藤花が初めて会った時に着ていた服でもあった。

黒の洋傘を杖のように突き、藤花は優雅に言う。

「少女たるもの、本番では装うべきですから」

「貴女は、『少女たるもの、人の不幸はわかるものだ』と言ったわ」

女は語る。

藤花は頷く。

朔は傍で、油断なく二人の会話する様を眺めていた。いつでも飛び出せるように、彼は足に力を溜めている。もしも、藤花に危害が及ぶことがあれば、朔は即座に盾になる覚悟だ。

それを、藤花は望まないだろうけれども。

彼女は自分は死んでもいいと、そう思っている節がある。日頃いかに楽しく、呑気にすごしているようでも、朔にはわかった。藤花の根底には、朔には触れない冷たい核がある。

『劣化品』である己には、生きる価値などないと訴えるかのように。

（あるいは、何か他に、理由があるのか）

眼鏡を外し、女は藤花を見つめた。特に醜くも美しくもない顔が覗く。だが、朔は眉根を寄せた。その顔は、印象こそ似ているが、アイコンのものとは違っている。

名前も知れない、犯人は囁いた。

「私の不幸が、貴方にはわかると言うの？」

「恐らく……貴方は自殺をできなくなった人、ですよね？」

「もう、そこまではわかっているのね」

女は細く息を吐いた。

どうっと重い風が吹く。

彼女の縺れた髪が宙に遊んだ。

白が、
白が踊る。

黒髪と共に柔らかな色は舞った。

その様は雪だというのに、やはり桜の花弁に似ているところがある。

更に、藤花は続けた。

「もう一つ、貴方がこうした行動に奔った背景には、恐らく『誰かの死』がある」

「えっ」

思わず、朔は驚きの声を出した。まさか連続殺人犯の動機の裏に、別の死があるとは考えない。だが、藤花は当然のように先を続けた。

「『私達は天使ではなく、隣に、間近に目を向ける必要性がある。自殺は天使のものなんかじゃない。人間のものだ。血が通い、肉のある、人間のものなんだ』……この訴えはどこかおかしい。まるでごく間近に『本来注目されるべき誰かの死』があったかのようだ」

藤花は訴える。

女は応えない。だが、聞く姿勢も崩さなかった。

藤花は続ける。

「それに、貴方のアイコンに使われていた写真にも、僕は注目した。アレは、死んだ女性の顔を接写したものですね」

ぎょっと、朔は目を見開いた。

彼はアイコンの写真を思い出す。醜くも美しくもない、平均的な顔立ちの女性。

彼女は死んでいたというのか。

つまり、誰も死者の姿に気づかなかったというのか。

「事件の被害者の写真を使うほど、愚かではないでしょう。ならば、貴方には、別に、身近に死んだ誰かがいたんだ。写真の肌は青白く、その瞼（まぶた）はよく見れば薄く開いていた。アレは、死後毛細血管にあった血液が低位置に移動したことと、皮膚の乾燥により、瞼が開いたことにより起きた変化です。何より、首筋には黒色の影の飛沫上の加工が施されていた。普通、顔面ならばともかく、首筋に加工はしないでしょう。アレは加工ではなかった。首筋を濡らす乾いた血痕が、黒い影のように見えただけのものだったんだ」

つまり、『天使の偶像化』に反対するツイートを続けるあのアカウントは、『普通の自殺』をアイコンとして掲げていたのだ。もういない、誰かの存在を訴えるかのように。

大勢のツイートの中に、死者の写真が混ざっていた。

その事実に、朔はぞっとした。

胸に手を押し当て、藤花は言葉を続ける。

「更に、貴方は他人の体を使って飛び降り自殺を繰り返させた。その抗議行動の発想の発端には『自分の代わりに死んでくれた誰か』がいたのではないかと……そう思ったんだ」

「私の親友がね、自殺をしたの……私は続けて死ぬはずだった」

そう、女は語り始めた。

暗闇の中に、重い声が響いていく。

朔と藤花はソレを聞いた。

女の悲劇は深く、暗く、そして単純な話でもあった。

「私は普通に生きてこれたはずだった。普通に就職して、普通に毎日をすごして、普通に年をとるはずだった。それなのに、だんだん朝布団から起きられなくなった。毎日の電車に乗れなくなった。涙が意味もなく止まらなくなった。人の幸せも不幸もＳＮＳで覗くのが怖くて仕方がなくなった。毎日そう震えていたら、親友が言ってくれたの。なら、死んじゃおうって。私が先に死ぬから後を追いなよって。きっと皆大騒ぎだよって。親友は毎日アルコールを浴びるほど飲んでて、あの子も、もう、限界だったから、だから、私達はその時初めて久しぶりに笑ったの。みんなびっくりするねって、楽しいねって、だけど」

『天使の自殺』が起きた。

あまりにも美しい自殺の衝撃はＳＮＳ全体を揺さぶった。社会の意識はスライドした。

ただの自殺から、美しい自殺へと。

他の自殺騒ぎはその陰に埋没した。

「私は自分のアカウントから彼女の自殺についてツイートした。何回も、何十回も。けれども誰も見向きはしてくれなかった。誰も騒いでくれなかった。誰一人として。ＳＮＳにはたくさんの人がいるのに。皆が繋がっているはずなのに、誰も泣いてもくれなかった」

そう、女は言った。

朔は思う。

確かに、社会の興味はスライドしていた。

（……しかし、それ以前に）

「年間の自殺者数は二万人を超える。自殺についてのツイートも数多い。貴方のフォロワー数や質にも問題があった可能性も高い。ツイートの内容も、的確に纏まっていたかどうかは怪しいだろう。所詮、ＳＮＳ上で注目されるか否かの条件は、対象が人の興味を惹ける情報に仕上がっているか否かだ。親友の死が見向きもされなかったのは、『天使の自殺』のせいだけだとはあながち言えはしないと思いますよ」

「いいえ、そうよ！　そうとしか考えられない。だって、人が死んでるのよ！」

なのに、なんで誰も見向きもしないのよっ！

悲鳴のように、女は叫んだ。

その声には深い悲しみと強烈な怒りが滲んでいる。同時に、朔は眉根を寄せた。

矛盾している。

そうして親友の死を嘆きながら、女は人を殺しているのだ。

「貴女の嘆きはわかった。予想通りの悲しみだ。ある意味、貴女と僕は似ている。すべての殺人者と僕は似ていると言ってもいいかもしれない。だからこそ、僕は聞きたいんだ」

藤花の言葉に朔は眉根を寄せた。今までにも彼女は同じ言葉を口にしたことがある。だが、どこが似ているというのか朔にはわからなかった。彼の困惑を他所に、藤花は続ける。

「少女たるもの、確かめなくてはならない」

藤花は両腕を広げる。

白の中、彼女は踊る。

踊って、

踊って、

くるりと回って、藤花は尋ねた。

「それで、何故、君は人を殺すんだい？」

「だって、もうこれしか方法がないもの」

瞬間、女は壊れた。

朔は気がつく。

見た目はそのままだ。だが、彼女の中では何かがぱきりと割れていた。

目を見開き、女は両手を震わせる。

あからさまに、女の中では何かが変化していた。

朔は一歩前に出た。彼は藤花の近くに身を寄せる。

憑かれたように、女は唾を飛ばしながら語り始めた。

「わかってくれるわ。みんなわかってくれる。だって、私達こんなにかわいそうなんだもの。自殺が天使のものにされたままだなんて、みんなだって嫌でしょ？　自殺は私達に許された最後の権利だったんだ。もう、それしかできなかったんだ。でも、それですら奪われた。だから、私はみんなに協力してもらうことにしたの。みんな同罪なんだから、私の大切な子の自殺を無視したんだから、だから、私のために死んでくれてもいいじゃない」

女は、笑った。口元を歪めて、彼女は高らかに声をあげる。

その目から、涙が幾筋も幾筋も零れ落ちた。彼女は子供のように泣き声をあげる。

同時に、朔は駄目だと悟った。

(この人物を救うことはできない)

彼女はもう走り出してしまった。

絶対に救いのない崖へ向かって。

ならば、止めることもできない。

コートの中に手を差しこみ、女は何かを取り出した。

僅かな月光を受けて、ナイフの刃が暗闇の中で光る。そうだろうなと、朔は思った。顔を見せておきながら、彼女が朔と藤花を生かして帰す道理はない。

凶器を手に持ったまま、女は微笑んで先を続けた。

「だから、貴方達も喜んで殺されてくれるわよね?」

「それについては否定をしよう。それと、貴女にはまだ語っていないことがありますね?」

藤花は尋ねる。

女は目を細めた。

雪が強くなる。

パチンッと、音がした。

黒い洋傘(ようがさ)を、藤花は開く。

漆黒を、
暗闇を背負って、彼女は囁(ささや)く。

「貴女の真の目的は別にある」

「…………」

女は応えない。

それでも、藤花は確信を持って続けた。

「――自分が偶像(イコン)になることだ」

大きく、女は口元を歪めた。

じっと、藤花は彼女を見つめた。

＊＊＊

「貴女の計画には、まだ先がある。それに気づいたせいで、僕は貴女がそれを起こす前に、止めなくてはならないと考えるようになったんだ。ＳＮＳ上の注目を集める強力な方法を、貴女は持っている。それは猟奇殺人の過程や、内臓を投棄する際の写真を投稿することだ。そして『天使の自殺』に対する反対声明を正式に行い、自身の自殺する様を動画つきで実況する。そうすれば、間違いなくＳＮＳ上には騒ぎが巻き起こる」

そうして、貴女は新たな偶像（イコン）となるだろう。

藤花（とうか）はそう語った。

朔（さく）は息を呑（の）む。想像が、たやすく頭の中を駆け巡った。

恐らく、そのツイートは間違いなく注目を集めるだろう。下手をしなくとも、強制削除前に『天使の自殺』が記録したＲＴ数を超えるかもしれない。

そして、社会の意識はスライドする。

より美しい自殺から身近な自殺へと。

多くが考えるようになるだろう。
・・・・・・・・・・・・
死にたい者は死んでいいのだと。

女はたくさんの被害者と、自身の身を以って、それを示そうとしていたのだ。

「ええ、そうね。私はそうなるわ。必ず、そうするの。自分を投げ捨ててそうするの」

「その時、初めて……貴方と貴方の親友の死は世の中に認められ、自殺はもっと自由になる。恐らく、貴方を追って多くの人間が死ぬだろう。貴方はそれを望んでいるのかい？」

「望むのは私じゃないわ。望むのは皆よ。自殺がもっと注目さえされれば死にたがっている皆のほうよ。私はその子達を解放してあげるの。すべての犠牲はそのためだったんですもの」

女はそう語る。

なるほどと、朔は頷いた。女の抗議活動は、本当に意味のあるものだったのだ。

そして、女の心からの叫びは同様に自殺をしたがっていた人間の魂を揺さぶる。

『美しい自殺』の流行と同様以上に、多くの人間が後を追うだろう。

ただ、『今ならば注目される』という理由だけで。

「……貴方は自分を殺すことで、世界に死んでもいいのだよと示そうとした。だが、私はそれを許すわけにはいかない。そのための材料として殺された人達も許さないだろう」

「どうして、そう言い切れるの？　すべては自殺をしたい人々のため。もう、私みたいに疲れ果てた、皆のためのよ。そのために、私は私も殺すと決めているのに、なんで殺された子達はその結果を嫌がると、貴女は考えるの？」

「本当に、貴方は殺された人達が――――その言葉をわかってくれると思っているのか？」

「ええ、そうよ。だってそうだもの。そうじゃないと、私は誰も許せなんかしないもの」

女は歌うように応える。彼女に反省の色はない。自身の罪を、女は理解していなかった。いや、皆が自分の親友の死を見捨てたことよりも、その罪が重いとは考えてもみないのだ。

だから、彼女にとっては、すべてのものが当然の犠牲にすぎない。

藤花は溜息を吐いた。彼女は朔のほうへ顔を向ける。

首を傾けて、藤花は朔の目を覗き込んだ。

朔の目は鏡のように藤花の瞳を映し返す。

そのまま数秒の時間がすぎた。これは二人にとっても事件にとっても『必要なこと』だ。そう、朔は知っている。やがて藤花は視線を戻した。じっと、彼女は女のことを見つめる。

「いいよ、聞きたいことは聞き終えた」

藤花は瞼を伏せる。

彼女は傘も閉じた。

丸い、黒が消える。

白が藤花の上に降り注ぐ。

カツンッと、彼女は裁判の木槌を振るうがごとく床を叩いた。

そうして、藤花は声を響かせる。

「ならば少女たるもの、裁定を任せるとしよう」

藤花は『少女たるもの』という。それには理由があった。

彼女は神ではない。

ただの少女だ。

そうして、少女である彼女は、別の者達に、目にした罪の判断を任せる。

藤花は両腕を広げた。

彼女の目が虚空を映す。

藤花は紅い口を開く。

凛と、彼女は囁いた。

「――――おいで」

瞬間、ふわりと。

空間が『ここではない場所』に繋がった。

＊＊＊

藤咲家の『かみさま』は死者と語り、その姿を人に見せることができる。

藤咲藤花にも同じ能力があった。

ただし、彼女は『劣化品』だ。

本家の『かみさま』は万能だった。彼女は人の願望や夢までも形にしてみせる。その能力から得られる利益と信仰に、本家は骨の髄まで浸りきっていた。だが藤花の能力は別だ。

彼女は怨みを持つ魂のみを、この世に呼び戻すことができる。

それは死者や魂魄を『視て』実体化させているわけではない。

人の尊厳を、踏み躙られた思いを、藤花は目に映す。それを縁に、死を認められない者を『自分がこの世に残る意味を失っていない者』を、彼女はこの世界へと引きずり戻した。

今の状況において、その能力は十分に発揮された。

女の全身に、実体化した死者の腕が絡みつく。

白く、ぺたりとした、柔らかな肉だ。

目が虚ろになった顔が、その背後から姿を見せた。

すでに、ソレは辛うじて人の形をしたナニカに変わり果てている。

そして、多大な怨みを抱いていた。

女の顔を指が引っ張った。腕を歯が齧った。足に髪の毛が巻きつく。

無数の殺された者達が、女の全身に絡みついた。

彼女達は、女の主張に賛同などしていなかった。

その証拠に、霊達は女の全身を引き裂こうとしていく。

混乱したように、女は声をあげた。彼女は全身に絡みつく者達を見て悲鳴をあげる。

「これはな、なに？　何？　なに、なんなの？　なに、なにぃっいいいいい？」

「貴女が殺した人達だ。どうやら、喜んで死んだわけではないらしいね」

藤花は淡々と囁いた。

女は恐怖に顔を凍らせた。その顔が大きく歪んでいく。べりべりと、頬の皮膚が剝がされはじめていた。腕に歯が食いこみ、血液が溢れだす。肉の中に、ぷつぷつと髪が潜りこむ。霊達は怨みを晴らすために動き始めた。

腹部に爪が食いこむ。血が溢れ出す。脂肪がべろりと落ち、筋肉が剝き出しになる。

無数の腕に、女は生きたまま解体されていく。

多数の怨みに喰われる。

全身を引き裂かれる痛みの中、女は、
女は口を開いて、

「私は悪くない」

悪いのは、ここまでしないと振り向いてくれなかった、
つまらないものに、無関心なみんなだよ。

たった、それだけを言った。

瞬間、この世のものとは思えないような音が響いた。

複数の腕が、女の体から皮膚を肉を剝ぎ取る。様々な欠片が、屋上に音を立てて落ちた。

女の体が、血を噴きつつ、綺麗に踊った。

彼女は錐もみ回転をしながらフェンスに当たる。

ぐらりと、彼女の体は、低いそれを乗り越えた。

女の体は切り裂かれ、噛み砕かれながら落下した。

べしゃりと濡れた音が響いた。

それで、すべてが終わった。

後には圧倒的な静寂が戻る。

コツリと、靴音を立てて、藤花はフェンスに近寄った。

結果を見下ろし、彼女は足を止める。

悲しい表情を浮かべながら、彼女は低く囁いた。

「もしも、女性が被害者達に怨みを抱かれていなければ、こんな結末にはならなかった……

彼女を殺したのは、彼女自身の行いだよ。だけど、ね」

寂しげな目で、藤花はその様を見つめた。

そうして、彼女は世の中に反するように囁いた。


「美しい自殺死体など、確かに馬鹿げているね」

——アレこそが、人間の形だよ。

朔は彼女の隣に並んだ。
藤花の澄んだ視線の先を、彼も見る。
そうして、思った。
確かに、これこそが人間の形だろう。
そこには艶やかに光る、臓器の山があった。

間話

白だ。

白の海だ。

波のように、飛沫のように、桜は舞う。

大地も空も渾然一体と化した、そのただ中で、少女たるものは語った。

たとえば、生と死について。

「死とは、何か」

ぽつりと落とされた声は重い。

自嘲するように、少女は紅い唇を歪めた。謡うように、彼女は囁く。

「此岸と彼岸はあまりにも遠く、狭間を埋める術は未だにない。僕は死者の声を聴き、その姿を見せる。だが、絶望的な距離を縮められたと思ったことは未だにないよ」

さらりと、少女は重要な告白を落とした。

朔は思う。この言葉を口にしたのが、少女以外の誰かであれば、藤咲の者に消されてもおかしくはない。それだけ、彼女の語った内容は危うさを孕んでいた。

少女は死者の声を聴き、姿を届ける。

その能力には嘘偽りも、瑕疵もない。

そういうことに、なっている。

そうでなければ、ならぬのだ。

人が救われるためには。

（だからこそ、少女は皆の『かみさま』ではないのか）

そう、朔が思うのと同時だった。

滑らかに、少女は問いを続けた。

「君はどう思う？」

「何を」

「人に生きる理由はあるのかな？」

「理由などなくとも、人は生きていくものでしょう」

それは傲慢な問いだと、朔は思う。

人は生まれた限りは、誰でも息をしていくより他にない。そこに理由や意味を求める余裕など、あるほうが稀だ。だが、朔の答えに、少女は穏やかな笑みを返した。朔は思い知る。

問いの愚かさなど、少女は先刻承知の上だ。

それでも、彼女は聞いてみずにはいられなかったのだろう。

雨を指さして、何故、アレは空から降るのかと問うように。

まるで、無垢（むく）な幼子のごとく。

「理由もないのに、生きていてもいいのかい？」

「いけないと言うのならば、何故、いけないと思うのですか？　俺はそれが知りたい」

「『僕』に、理由がないからだよ」

ふわりと、少女は黒い服の裾（すそ）を揺らした。彼女は虚無にかげる目を伏せる。

それでいて初恋を告白するかのごとく、少女は頬（ほお）を赤らめて呟（つぶや）いた。

「他でもない、僕に」

『かみさま』には生きる理由が一つもない。

その事実を、朔（さく）は衝撃と共に受け止めた。

それは、
それではまるで、

『かみさま』にすら理由がないというのならば、

（この世に、それを求めることの方が滑稽（こっけい）なような）

「────違うよ、朔君」

少女は教える。

優しく、
柔らかく、

慈悲深く。

「『かみさま』であるが故に、僕は生に理由を見出せないんだ」

君達は違うと、
少女は続けた。

そこには、重い断絶があった。


ざあっと、風が吹く。

また、視界は白に染まる。

『かみさま』であるがゆえに、少女は生に理由を見いだせない。朔にはその意味を尋ね返すことはできなかった。問うた時、囁かれる答えが恐ろしいせいだ。

もしも、微塵も理解できない言葉が返れば、どうすればいい。

その時、目の前の少女が凄く遠い存在になってしまうのではないか。そう、彼は怯えた。

すべてをわかっているというかのように、少女は微笑み続ける。

桜の花弁の狭間に立ったまま、ふっと、彼女は口を開いた。

「それでは、話をしようか」

「まだ、何を」

続けるのかと。

そう尋ねた朔に、少女は応える。

次は、
次は、

「――――次は、『僕達が、「人」として認識しているものは何か』について」

第二の事件　謳わない骸骨

藤花は、食料を手に入れるためにはアグレッシブになるタイプのニートである。そんな彼女はお気に入りの激安スーパーにてカニカマの天ぷらと牛肉デリシャスコロッケ、菓子数点を入手した。詳細を述べると、チョコレートとポテトチップスと胚芽クッキーである。

そして、一回分の福引を引く権利を得た。

そこで、見事、彼女は特賞を引き当てた。

おめでとう、藤花は最新型の人気ゲーム機を入手した！

かくして、藤花のニート生活は加速した。時間を思う存分使って、彼女は仮想空間の島の開発に入り浸るようになった。そこで、藤花は動物達と親交を深め、釣りや虫取りなども行っているらしい。だが、その間、現実の彼女は全く動かない。由々しき事態である。

昼寝に読書に、ゲームまで加われば、もう無敵である。

仕方なく、朔は自腹を切って新たなゲームソフトを購入した。

リング●ィットである。

運動は嫌だと、藤花は厳重な抗議を行った。ニートに特に筋トレは大敵である。積極的に爽やかな汗を流せるものならば、そもそもニートなどはしていない。そう、彼女は徹底抗戦の構えを取る。頬を膨らませる藤花に対し、朔は神妙に言い聞かせた。

「お前な、このまま、コロコロと丸くなったらどうする気だ？」

「僕は運動しなくても何故か太らないタイプでね。心配は無用さ。いらぬお世話だとも」

「内臓脂肪」

「その四文字は言って欲しくなかったなあ、僕は！　訴えてやる！」

「何を、どこへ、誰に」

「横暴だーっ！」

「お前のほうこそ横暴だ。ほら、頑張れって。意外と楽しいかもわからないぞ」

渡してみると、藤花は一回目のプレイで死んだ。

それは無惨な討死具合だった。朔ですら、思わず同情を覚えたほどである。だが、そこで諦めるのかと思いきや、全身をプルプルと震わせながらも、藤花は頑張りはじめた。

少女たるもの、渡されたゲームは全クリしないと気が済まないらしい。

しかし、身体を動かしながらも、藤花はべそべそと泣いた。

「こんなの無理だよ。人間の所業じゃないよ」

「指示を出してるのは、ゲームなんだけどな」

「作った人には心がないんだ。そうに決まってる。僕は死んでしまうよ。いや、死ぬのは別にいいのだけれども、筋トレに負けて散るのは流石に嫌だったなぁ……儚い命だった」

そう嘆きながらも、彼女はゲーム相手に奮闘を続けた。少女たるもの、やはり諦められないらしい。正直、少女であるか否かは無関係だろう。だが、努力するのはいいことだ。

そう、朔は温かく藤花を見守った。筋トレに効果があるからと、無糖のバナナヨーグルトドリンクも作ってやった。蜂蜜を入れて欲しいと訴えながらも、藤花は美味しく飲んだ。

かくして、その日も、藤花は筋トレに励んでいた。ゲーム内の容赦ない指示に、彼女は再度危うく死にかける。汗水を垂らしつつ、藤花が新たなステージをクリアした時だった。

ぽこぺんと間抜けな音が響いた。一通のメールが届く。

それを覗き込み、藤花は目を丸くした。

「依頼が来たよ、朔君」

「依頼？」

「『静かな森の中で、貴女様の訪れをお待ちしております。当家にお泊まりのうえで、人の生死の狭間に立つ方にこそ、見届けていただきたいことがあるのです。星川唄』……動画と画像が添付されているね」

そう言って、藤花は朔にスマホを示した。彼女はまず画像を開く。

ある館までの地図が記されていた。都内から車で二時間半ほどかかる山奥にあるようだ。

これはもしや自分が運転する流れかと、朔は眉根を寄せた。運転免許は取っている。車は借りればいいだろう。だが、長時間運転ができるかと問われればあまり自信はなかった。

朔が不安に駆られるなか、藤花は動画のほうを開いた。瞬間、朔は驚きに息を呑んだ。スマホの画面いっぱいに、彩色された骸骨が表示される。流れるように、ソレは歌い出した。

これは何かと、朔は慌てる。一方で、藤花は冷静に語った。

「ストップ・モーション・アニメだよ」

言われてみれば、そうらしい。

ところどころカクカクしているが、出来自体はなかなかのものだった。表面に花柄を描かれた骸骨は、『きらきら星』を歌う。拙くも美しい旋律は途絶えた。カクッと骸骨は口を閉じる。

画面いっぱいに文字が表示された。

『ＷＥＬＣＯＭＥ！』

そこで、動画は終わりらしい。画面は黒くフェードアウトしていった。

動画を閉じて、藤花は顎を撫でた。数秒後、彼女は朔の方を見上げた。

「悪いけど、朔君、車を出してもらえるかな？」

「マジか？　依頼を受けるつもりなのか？」

「うん、そうしたいと思う。何故ならばね」

その続きを、朔は聞きたくないと思った。どうにも不吉な予感がする。

だが、止めることなく、藤花は先を告げた。

「僕の見立てが確かならば、この髑髏（どくろ）は本物の人骨だと思う」

＊＊＊

森の奥に、その建物はあった。

星川唄（ほしかわうた）の父親、星川流（ながれ）は有名な小説家だという。

彼は人里離れた場所に館を作り、家族と共に暮らしていた。

それはファンの間では有名な話らしく、検索すればすぐに情報に行き着くことができた。地元民にも館の存在は知れ渡っており、地図に頼らずとも人に聞けたので該当地へ辿（たど）り着く苦労はなかった。ただ、私有地への突然の訪問に、門前払いを受ける可能性は残されている。そう、朔（さく）は危惧（きぐ）した。だが、意外にも、館に辿り着くと守衛の男性は話を聞いていると朔達のことを通した。帽子を持ち上げながら、彼は笑顔と共に告げた。

「唄お嬢様に呼ばれた方でしょう？　あんたがたも苦労するねえ」

唄、という少女は、どうやら相当に甘やかされているらしい。門を抜けると、朔達は前庭に広く取られた駐車場に車を止めた。スーツケースを外へ運び出しながら、朔は言う。

「果たして、家の人には歓迎されるだろうか？」

「わからないね。虎穴に入らずんば虎児を得ず、だよ」

藤花はそう語りながら、洋館に近づいた。玄関前に伸びる階段を、彼女は上っていく。全体に彫刻が施された——威圧感のある分厚い扉に、藤花は行き着いた。獅子型のドアノッカーを無視して、彼女は迷いなく玄関のブザーを押す。しばし、沈黙が続いた。

程なくして、扉は開かれた。

中からは、一人の女性が現れた。

黒一色の服装に、エプロンをつけている。家人、ではないだろう。彼女は固い雰囲気を纏っている。家で寛いでいた様子には見えない。恰好からしても、恐らく使用人だろう。

黒髪を結んだ女性は、冷たい目を朔と藤花に向けた。

紅く薄い唇が開かれる。

朔は緊張を覚えた。だが、女性は微かに頭を下げた。

「霊能探偵の藤咲藤花様ですね。唄お嬢様がお待ちしておりました」

『唄お嬢様が』の部分を、女性は強調して口にした。

扉が大きく開かれる。朔達は中へと通された。

玄関ホールに入ると、朔と藤花は、ほーっと声を出しながら辺りを眺めた。金持ちの家など、二人は見慣れている。だが、この屋敷には、本家とはまた違った豪華さがあった。

天井には朝顔形のシャンデリアが飾られ、床には分厚いペルシャ絨毯が敷かれている。飾られた家具達は、一つ一つが目に見えて高価なものだとわかった。

やがて琥珀色に磨かれた階段の上で、朔は視線を止めた。

そこには、青い少女が立っていた。

丁度、彼女は玄関に向かう途中だったらしい。

微かに前傾した姿勢で、少女は朔達を見ていた。特に藤花の姿に目を留め、少女は破顔した。

今の藤花は流石にいつものジャージは脱ぎ捨てて、黒のクラシカルなワンピースを纏っている。その姿が恐らく思い描いていた『霊能探偵』の印象と一致したのだろう。

少女は高い声をあげた。

「まあ、来てくださったのね！」

青いドレスワンピースを翻し、彼女は駆けてきた。その背中で、栗色の髪がふわりと揺れる。

藤花達の前で、少女は足を止めた。微笑みを浮かべながら、少女は藤花の手を取る。

突然のことに驚きながらも、藤花は彼女の行動を受け入れた。

向き合った二人の上品な姿は、まるで姉妹のようにも見える。

ぎゅっと藤花の掌を握り締めて、少女は語った。

「初めまして、星川唄と申します。貴女が藤花様ね！　私達、きっとお友達になれるわ」

「藤花、でいいよ。熱烈な歓迎をどうも。君は随分とフレンドリーな御仁だね」

「私、仲良くなりたいと思った方には、遠慮をしない主義なの！　それじゃあ、藤花さん
……とお呼びしますわ。そちらの殿方は？」

好奇心に溢れた目を、星川唄は朔へと向けた。豊かな髪を揺らし、彼女は首を傾げる。

ふむと、藤花は困った顔をした。どう答えればいいのか、わからないらしい。そうだろうな、と朔は思う。かつて二人は主従だった。今は違う。二人の関係は、一体なんなのか。

朔にも具体的に、言葉にする術は持たない。

彼のことを見上げて、彼女は言った。

「こちらは藤咲朔君。私の……なんだろうな、助手？　相棒？　なんだと思う朔君」

「保護者のようなものです。よろしく」

「朔君！」

「まあ、貴方のようなお兄様がいたらとても素敵ね！　朔さん、よろしくお願いします！」

続けて、唄は朔の手を取った。

唄の掌は柔らかく、小さい。

軽く、朔は手を握り返した。

もう一度にこりと笑って、唄は踊るような足取りで駆け出した。止まることなく、彼女は二階の回廊へ到着する。慌てて、藤花は彼女の後を追いかけた。

遅れて、朔は二人分の荷物が入ったスーツケースを持ち上げた。

すると、唄は振り返った。彼女は歌うような独特の口調で言う。

「そんなもの、使用人に預けてしまえばいいわ。清音さん。こちら、運んでくださいな」

「畏まりました」

「いいえ、重いですから。俺が自分で運びますよ」

「……お言いつけに背いた際の、唄様の癇癪の方が恐ろしいので」

　ぼそりと、清音と呼ばれた使用人は囁いた。朔にだけ聞こえる音量だ。その声には、明確な苛立ちが覗いている。慌てて、朔はスーツケースから手を離した。客室もまた、二階にあるのだろう。苦労しながら、清音はそれを持ちあげ、細腕で運び始めた。

　一方、階段上からは、唄が華やかな声で続けた。

「さあ、私の部屋へいらっしゃって！　こっちよ！」

　顔を見合わせて、朔と藤花は歩き出した。

　二階の回廊を巡り、二人は奥の廊下へと向かう。

　そうして、朔達は青色をした少女の後を追った。

＊＊＊

　唄の部屋は、お姫様の棲む一室のように飾り立てられていた。

　書き物机には分厚い本が並べられている。立派な洋服箪笥の隣には、分厚い姿見が置かれていた。そして天蓋つきのベッドの上は、幾つものぬいぐるみとクッションで飾られている。可愛らしい小物の数々も揃(そろ)えられていた。だが、その中で一つだけ異彩を放っているものがある。

　チェストの上に、ソレは堂々と置かれていた。

　彩色された骸骨(がいこつ)だ。

　それを前にして、藤花(とうか)は頷(うなず)いた。

「動画に映っていたものだね」

「そうよ、可愛いでしょう！」

　弾んだ声で言うと、唄(うた)は髑髏(どくろ)を手に取った。サイズは彼女の頭よりも、少し小さいくらいだろうか。それを、唄は盛んに撫(な)でる。彩色された表面が、ざらざらと音を立てた。

　花柄にされた骨を見つめて、藤花は低く囁(ささや)いた。

「それは本物の人骨ではないのかい？」

「そう、私の妹のものよ！　死体から頭を切り取って、土に埋めて、肉が腐ったところを取り出したの！　素敵でしょ？　私は妹が好きだから、ずっと一緒にいたかったの」

　標本化する際、煮込む処置を行わなかったのならば、骨の内部には油が残っているはずだ。変色もする。だが、それは表面に花を描くことで誤魔化しているらしい。腐敗臭を防ぐためか、よく見れば頭蓋の内側にはポプリも詰められていた。

　人工的に飾り立てられた頭蓋骨(ずがいこつ)を前に、藤花は尋ねる。

「……遺体の部位から、髑髏を選んだ理由は？」

「昔の御話で読んだわ。人の髑髏は歌い出すことがあるというじゃない？　こうして取っておけば、私の妹も本当に歌い出すかもしれないわ」

元気に、唄は歪んだ答えを吐いた。

藤花と共に、朔は目を細める。

この瞬間、唄の死体損壊罪は確定した。だが、彼女に罪の意識はないらしい。

愛おしそうに、唄は頭蓋骨に頬擦りを続けている。

朔は言葉に迷った。この少女には、何を言っても届かない気がする。

その間にも、藤花は続けた。

「何故、妹さんはお亡くなりに？」

瞬間、唄の顔から、一切の表情が消えた。

コトンッと、彼女は頭蓋骨をチェストの上に戻した。元気を失った声で、唄は囁く。

「事故、ということになっているわ。警察も事件性はないものと判断した。散歩中に、裏の崖から滑り落ちたの。傍にはバスケットが転がっていた。崖の周りは土が剝き出しになっているのだけれども、そこにはあの子の足跡しか残されてはいなかったの」

なるほどと、朔は頷く。突き落とすには、近づく必要がある。周囲に妹の足跡しかなかったというのならば、事故で間違いはないのだろう。

だが、唄の顔は強張っていた。朔は悟る。彼女は納得などしていない。

真剣に、藤花は唄に向けて尋ねた。

「もしかして、君は他の可能性もあると考えているのかい？」

「さあ、……どうかしら」

だが、唄は肝心の部分を濁した。急に、彼女は態度を変える。『きらきら星』を歌いながら、唄はふらりと歩きだした。天蓋のついたベッドの上に、彼女は飛び乗る。垂れ耳の兎のぬいぐるみを、唄は抱き締めた。藤花を仰いで、彼女は囁く。

「いろいろと気になることがあるというお顔よ。でも、私は喋るのに疲れてしまったわ。それに、私以外の人に聞いたほうがわかることもあると思うの。どうぞ、家の者と話をなさって」

朔と藤花は、困惑した視線を交わした。それはまるで探偵の所業だ。探偵は探偵でも、霊能探偵のやることではない。だが、唄はとろりとした笑みを浮かべた。

「私はここで待っているから」

そう、彼女は甘く囁いた。唄はワンピースから突き出した、二本の白い足を振る。

拒否は許さないという、声だった。

しばらく藤花は唄を見つめた。わざとらしく、唄は何度も瞬きをする。朔から見て、彼女達は無言のまま会話をしているかのようだった。やがて、藤花はゆっくりと踵を返した。

「行くよ、朔君」

そう言って、藤花は子供部屋の扉を開けた。外には廊下が見える。

僅かに、朔は後ろを振り向いた。未だに、唄はベッドの上に転がっている。再び『きらきら星』が始まっていた。朔は考える。彼女は子供だ。粘れば、話すことはできなくはないだろう。だが、朔がここにいる目的は、初めて会った人間とお喋りをすることではない。

朔の成すべきことはただ一つ。

いかなる場所でも、藤花を守ることだ。

忠犬のごとく彼女に続いて、朔は廊下へと出た。

＊＊＊

「妹……ああ、詩のことですか」

唄の母親——星川絵美はそう疲れた顔で言った。

朔は目を細める。絵美はひどく痩せた、大人しそうな女性だ。

彼女は唄が霊能探偵を呼ぶことには反対だったという。娘の死体損壊罪がバレるのを慮ってのことだ。だが、結局は、唄に押し切られたという。

絵美のこちらを見る目は不安げで、焦点が定まっていない。

彼女に対して、藤花は告げた。

「娘さんの罪については、誰にも伝えるつもりなどありません。ご安心ください」

「それならば、……よかった。ええ……本当に。当家の事情を言い触らす気がおありでないのでしたら、なんでも好きなことをお話ししますよ」

安心したような微笑みを、絵美は浮かべた。

藤花は、彼女に過去のことを問う。緩やかに、絵美は語り出した。

「散歩をしている時に、詩は崖の上から落ちました。それは紛れもない事実です。それから……警察から遺体を返されて、死亡診断書も書いてもらった後のことでした。突然、唄が薪割り用の斧で詩の頭を切り取ったのです」

「それはさぞかし驚かれたのでは？」

「確かにそうですが、唄ならばやるだろうなとも思いました。あの子には本当に激しいところがあって母親の私でもいつも止められませんでしたから……きっとあの子はずっと詩と一緒にいたかったのだと思います。そう考えたら、怒ることもなんだか違う気がして」

「それは本音、ですか？」

「いえ、違いますね……詩が死んで、あの子と戦うことにも疲れてしまっていましたから」

そう、絵美は疲労の滲む苦笑を浮かべた。

藤花は彼女を労わるような表情を見せる。

事件後、詩の体は木製の棺に入れ、親戚の業者に頼んで直葬にしたという。彼女の体は無事に火葬され、頭蓋骨の欠けは取り立たされずに済んだ。そのまま、納骨まで済ませたという。

かくして、唄の元には死体の一部が残された。

父親の星川流は怒らなかった。

彼の情報を探ったため、朔は知っている。

星川流は高齢であり、唄と詩は彼が五十を過ぎてからできた子であった。そして、星川流は六十にして脳の血管を切り、今は自宅の一室で昏睡状態にある。絵美が唄を責めず、異常性を見過ごした理由もそこにあるのだろう。身内の介護に、彼女は疲弊しているのだ。

絵美にはもう、何かと戦う力など残されてはいなかった。

「お話は、これくらいでよろしいでしょうか？　なんの役に立つとも思いませんが……」

「ええ、十分ですよ」

絵美の問いに、藤花はそう応えた。

微笑んで、彼女は不躾な質問への詫びと礼を告げる。

次いで、藤花と朔は別の人間の下へと向かった。


「詩様ね……唄様とよく似た御方でしたよ。崖から落ちたんですよね？　バスケットを抱き締めて、そのまま真っ直ぐに……」

「崖から落ちた旨は、私達も唄さんから伺いました」

「全く、ひどい話ですよ。あの若さで亡くなられるなんて、誰も思っていやしませんでした。

本当に、かわいそうなことだと思いますよ」

料理人の斎川という男は、流れるようにそう語った。

彼は黒の短髪が似合う、爽やかな男性だ。年若いこともあり、詩の死を嘆き、残された唄に対して同情しているらしい。だが、特段、それ以外の情報は持っていないようだった。

コックコートに包まれた腕を動かしながら、彼は続けた。

「もう、いいかな……今は忙しくてね。他の時間だったら、もっと話せるんだけれども」

「はい、わかりました。ご協力ありがとうございました」

彼には夕飯の準備がある。客人が来たこともあり、今は余裕がないらしい。

藤花と朔は礼を言い、立派な厨房を後にした。

背後からは、彼が香味油を使い、牛肉の表面をクリスピーに焼き上げる音が聞こえてきた。夕食には期待できそうだと、朔は心の中で思った。

藤花と朔は、次の人間の下へ向かった。


「詩様のことは、かわいそうな御方だということ以外、私はあまり……ねえ、そうよね。清音さん。私も似た年頃の子供がおりますから、奥様のことがおかわいそうで」

「立夏さん、貴女も素直に言えばいいのでは？」

小太りで温和そうな女性――立夏というらしい使用人の言葉を、清音は冷たく遮った。

彼女の言葉に、立夏は慌てたように左右を見回した。声を潜めて、彼女は聞き返す。

「そんな……何をです？」

「詩様も唄様と同様に横暴な方だったと。癇癪を起せば誰にも止められない、悪魔のような子供だったと……奥様や旦那様はそれでもかわいがっていらっしゃいましたけれども」

清音の話を聞き、朔は我が耳を疑った。

その言葉は、あまりにも明け透けに二人の姉妹への悪意を表明している。

凛とした表情を崩さないまま、清音は自身の胸に手を押し当てた。彼女は藤花の目を真っ直ぐに見つめた。恥じらうことなく、清音は険しい口調で続ける。

「私は詩様のことを好いてはおりませんでした。貴女に隠すことこそ恥だと思いますので、素直に申しましょう。亡くなられたことはお気の毒ですが、……言わせていただければ、日頃の行いは、自分自身にやがて跳ね返るものですから」

「自業自得……そう仰りたいのですか？」

「ええ、唄様もいい死に方はなさらないでしょうね」

そう語り、清音は薄っすらと微笑んだ。

彼女の笑みに、藤花は何も言わなかった。

朔も語る言葉は持たなかった。酷薄とはいえ、非難をするには、清音と姉妹の関係性を、彼は何も知らない。あくまでも、朔は部外者にすぎないのだ。

「もうお話はよろしいでしょうか？　私共には仕事がございますので」

「ええ、十分ですよ。ありがとうございます」

清音の言葉に、そう、藤花は頭を下げた。

次いで、藤花と朔は別の人間の下へ向かった。


外に出ると、空は灰色に曇っていた。もうすぐ、雨が降るという。

ふむと、考え深げな顔をして、藤花はスマホを開いた。やがて、彼女は眉根を寄せた。

朔に、藤花は声をかける。

「おやおや、これは……朔君、大変なことになりそうだよ」

「一体、どうした」

「雨、ひどくなるって」

藤花は天気情報を表示した。朔もまた顔をしかめる。出かける前から空模様の崩れはわかっていた。だが、今夜は予想以上の豪雨となる可能性が高いらしい。軽く、朔は溜息を吐いた。

運転のことを考えると、翌日は晴れてくれることを祈るばかりだ。

気分を切り替え、守衛の男性、橘に二人は話を聞いた。

彼は温和そうな中年の男性だった。被っている帽子の位置を直しながら、橘は言う。

「詩お嬢様のことは、それは残念だったなぁ。絵美奥様も唄お嬢様の嘆きようも見ていられなくてね……詩お嬢様のこと、私は好きだったよ。気難しい方だったけど、若い子ならあれくらいのもんだと思うね。きっと生きて年を取られたら落ち着かれたよ」

「裏の崖は、どちらから行くことができるでしょうか？」

「ああ、それなら、こちらの道から行けるよ。少し林の中を進めば着くから……お嬢様が亡くなられてからは、簡単なものだが柵も設けてあるけど、気をつけてね」

彼の案内に従い、朔達は裏の崖に向かった。

二人は緑の濃い、林の中を進む。定期的に手入れがされているのか、足元に不安はない。

聞いていたとおり、少し進むと視界は開けた。

崖の周りに、朔達は視線を注いだ。三メートルほど柔らかな土が剝き出しになっている。詩が落ちたというのは、その辺りだろう。迷いなく、藤花はそちらに向かって歩き始めた。

思わず、朔はその手を後ろから摑んだ。

「危ないぞ、藤花」

「大丈夫……今はちゃんと柵が設けられているんだ。誰かに足を掬われでもしない限り、落ちることはないよ……朔君は、僕のことになると途端に心配性になるなあ。そんな必要なんて、ないって言うのに……僕は君に、心配される人間では本来ないいんだよ」

「だから、そういうことを言うな。俺はお前が……他でもないお前がいつだって心配だ」

「……なんだい、照れるね。でも、大丈夫だよ。なんなら、手を握っていてくれてもいい」

そう、藤花は応えた。

言葉のとおりに、彼女が下を覗き込む間、朔はその腕を握っていた。

そうでなければ、藤花は吸い込まれるように落ちていく気がしたのだ。

柵を乗り越えた遥か下には、川の流れが見える。辺りには、石の散らばる地面が広がっていた。なるほどと、朔は思った。ここから落ちれば、大怪我や死亡は免れないだろう。

かつて、川岸にはバスケットと少女の遺体が転がっていたという。

朔はその様を想像した。

唄によく似た、可憐な少女が倒れている。その頭は、柘榴のように割れていた。彼女の周りには、脳漿と共にバスケットから落ちたものが散らばっている。

一枚の絵画にも似た光景だ。

「……なるほどね」

藤花は、何を思い描いたのだろうか。

それだけ呟くと、彼女は一度頷いた。

＊＊＊

全ての人間に話を聞き終えると、朔と藤花は子供部屋へ戻った。

中に入ると、『きらきら星』が聞こえた。事件現場を見た後では、カラフルに装飾された室内は砂糖菓子のような甘さを放つ光景に思える。ぱたりと、朔は後ろ手に扉を閉じた。

白い足を振りながら、唄は待っていた。

今度は熊のぬいぐるみを抱き締め、彼女はごろりと二人を見上げる。その背中に、栗色の髪が広がった。可愛らしく、唄は微笑(ほほえ)みを浮かべる。

「どうかしら、何か素敵な情報は得られて？」

「まあ、気になることはいろいろとね」

「そう……霊能探偵さんがさまざまなことを知ってくださったのなら何よりよ」

満足そうに、唄は語った。その口調に嘘偽(うそいつわ)りはない。彼女は本気で嬉(うれ)しく思っているようだ。真剣に唄を見つめて、藤花は尋ねた。

「一つ聞きたいことがあるんだ」

「何？」

「君はどうして僕を呼んだんだい？」

藤花は鋭く問いかけた。

柔らかく、唄は笑みを浮かべた。蕩(とろ)ける目で藤花を仰いで、彼女は囁(ささや)く。

「霊能探偵さんは、死者の声を聞き、姿を見せると噂(うわさ)で聞いたわ。もしも、私が真実を炙(あぶ)りだせず、すべてがわからないままになってしまったとしても、貴女ならきっと裁定を下してくださると思ったの」

「……すべてがわからないままになってしまっても？」

「貴女達の会った人物のうち、誰かが今晩殺されるわ」

不意に、唄は断言した。

朔と藤花は目を見開く。

それは、殺人の予告だ。

唄は大きな目を夢見るように瞬かせる。

彼女は、口にした言葉の不吉さに見合わぬ笑みを浮かべた。

歌うように、甘く、甘く、唄は囁く。

「それがもしも私だったなら、どうか泣いてくださいましね」

＊＊＊

その後、唄はすべての言葉を拒絶した。ただ、彼女は警告を家人達に告げないようにと朔達に言い含めた。どうせ誰も信じはしない。それに言えば自殺をすると。

彼女の下から、朔達は何も得られないまま去るほかになかった。

そして夜の始まりから天気は崩れた。ぽつぽつとガラス窓に雫がつく。やがて、透明な球体は崩れるように線と化した。空はひどい雨模様となる。今では豪雨の音が屋敷全体を揺るがしていた。中には雷の響きも混ざっている。雨の幕は分厚く、天気はしばらく回復しそうにない。

外を眺めながら、客室にて、朔は藤花に問いかけた。

「どうする、藤花？　俺だけでも、今晩は起きていようか？」

「そうだね。殺人事件が起きるとわかっているのに、眠ることはできないよ」

「お前は寝てていいぞ。絶対に俺が守るから、心配するな」

「かっこいいことを言ってくれるね。でも、逆だよ、朔君。朔君は眠っていてもいい。起きているべきなのは、僕だ。いいね？」

そう、藤花は囁いた。まただと朔は目を細める。藤花には今回も死ぬ覚悟があった。彼女の中心には、冷えた硬い部分が存在する。藤咲藤花は己の命に価値など見ていなかった。

わからないと思いながら、朔は尋ねる。

「なんで、お前はそうやって死に急ぐんだ？」

「……さあ、なんでだろうね？」

滑らせかけた言葉を、藤花は再び喉奥へと仕舞った。朔は首を横に振る。

こうなった時の藤花は、決して話はしないのだ。朔は立ち上がった。彼女のためにも、彼はインスタントコーヒーを淹れる。準備には備えつけのポットとコーヒーのティーバッグを使った。まるでホテルのような設備だが、昔は編集者がよく泊まったことと、今でも医者が泊まることから、引き続き客室には常備してあるものなのだという。

好きに使っていいと、清音は語っていた。

濃い目に、朔は二杯を用意する。眠気覚ましには丁度いいだろう。

「ほら、藤花。コーヒー」

「ありがとう」

「うん」

両手で、藤花はカップを受け取った。ふーふーと、彼女は表面を冷ます。湯気のあがるコーヒーを、藤花はぼんやりと眺めた。雨の音は続く。重い沈黙が、二人の間を満たした。

やがて、藤花はぽつりと呟くように続けた。

「ねえ、朔君、僕は能力を見込まれてここに呼ばれたわけだけど」

「うん?」

「殺人を止めることができたのならば、僕の能力にも意味があると言えるのかな?」

藤花はそう囁いた。彼女の口調は、まるで迷い子のようだ。

朔は目を細める。

いつでも、藤花は自身の能力の意味を模索し続けていた。それは自分探しにも等しい。『かみさま』になれなかった己の存在意義を、藤花は問い続けている。

あるいは、

(やはり、誰かと約束でも交わしたかのようだ)

朔は言葉にして応えなかった。ただ、彼は腕を伸ばす。乱暴に、朔は藤花の頭を撫でた。髪をくしゃくしゃにされて、藤花は慌てる。バタバタと腕を動かし、彼女は困惑を訴えた。

「わっ、何をするんだい、朔君」

「絶対に、止めてみせような」

「……うん」

朔の言葉に、藤花は微笑んで頷いた。ぎゅっと、彼女はマグカップを抱き締めるように持つ。柔らかな微笑みを浮かべて、藤花は心からというように囁いた。

「僕だって誰かを救いたい……そう、思うよ」

二人は濃いコーヒーを口にする。やけに苦いと、藤花は大量の砂糖を追加した。藤花は子供舌だ。そのことを笑いながら、朔は己の分を綺麗に飲み干した。

しばらく、何事もない時間がすぎた。雨音以外、邸内で異様な物音はしない。

だが、異変が起こり始めた。

朔は瞼が落ちそうになるのを覚えた。ぐらりと、目の前が揺らぐ。異様な眠気に、彼は襲われていた。これは流石におかしいと、朔は気がつく。この眠気は自然のものではない。

そう悟り、朔は藤花に尋ねた。

「藤、花……なんか、変じゃない、か?」

眠気覚ましのコーヒーのはずが、これでは逆だ。

朔は違和感を覚える。揺れる視界は、まるで海の中にいるかのようだ。それに必死に抗いながら、彼は藤花の方を見た。だが、彼女は既に椅子の上で、こくりこくりと船を漕いでいた。

朔は、藤花がコーヒーをやけに苦いと称していたことを思い出す。

恐らく、ポットの中には薬が入れられていたのだ。

そう、判断すると同時に、朔の意識は闇に落ちた。

夢を見た。

夢とわかっていて、見る夢だ。

辺りは白。

一面の白だ。

その中に唯一のかげりがある。

白の中に、黒がいた。

ああと、朔は思う。この場所を忘れたことはない。

どれだけ時が経とうと、忘れられはしないだろう。

どうっと重い風が吹く。
桜の海の中、美しい少女は首を傾けた。彼女は朔の方を見つめる。
紅い唇が柔らかく歪んだ。
彼女は笑ったのか。
笑ったのだ。
微笑みを浮かべながら、少女は言う。
「――――起きたまえ」
あの時、彼女はそんなことは言わなかった。
ただの、一度も。
ならば、これは朔の無意識が少女に語らせていることだろう。
そう、朔は考える。
続けて、少女はどこか愉快そうに囁いた。
「起きたまえ、朔君」

ほら、人が死んでいるよ？

瞬間、朔は目を覚ました。

蜜蜂（みつばち）の羽音のような、人の声が耳を打つ。

邸内では騒ぎが起こっているらしかった。頭痛がする額を押さえて、朔（さく）は椅子（いす）の背から体を剝（は）がした。骨が軋（きし）んだ音を立てる。慌てて、朔は部屋の中を見回した。

「……藤花（とうか）？」

藤花の姿はない。一瞬で、彼の脳内には最悪な想像がよぎった。

ぞっと、朔は全身の血が下がるのを覚えた。彼は知っている。藤花は常に死に近い。だが、彼女を失うことなど、彼は考えたくはなかった。そんな惨事など、一度でたくさんだ。

慌てて、朔は廊下に飛び出した。前のめりになりながら、まずは二階の回廊へ向かう。

そこで朔は足を止めた。ほかでもない、藤花に出くわしたためだ。黒のクラシカルなワンピース姿で、彼女は一階を睨（にら）んでいる。その横顔は女神のように美しく、また険しかった。

「藤花、無事でよかった、一体何が」

「……見てのとおりだよ」

言われて、朔は気がついた。

回廊の下、玄関ホールに、誰かの体が落ちている。

まるで、人形が乱暴に叩（たた）きつけられたかのようだ。

その首は、くの字に曲がっている。

ドレスワンピースの鮮やかな青が目を焼いた。

それは他でもない、――星川唄の遺体だった。

＊＊＊

警察に連絡は入れた。だが、夜からの豪雨で土砂崩れが発生しており、到着にはまだ時間がかかるという。屋敷に着くのは、午後遅くになるかもしれないとのことだった。

一時的に、この場は孤立した状態と化している。

唄の遺体には毛布が掛けられた。その前で、絵美は膝を着き、顔を覆っている。

まず、清音が口を開いた。

「唄様の死は自殺でしょう。いつ死んでもおかしくはない方ではありましたから」

緩やかに、絵美は首を横に振った。彼女は静かに泣いている。反論の言葉は持たないらしい。彼女の肩を抱いて、遺体を見せないようにしながら、清音は更に推測を重ねた。

「詩様の首を切り取った時から、唄様の情緒は常軌を逸しておりました。突然、回廊から飛び降りられても、なんら不自然なことはございません」

「……いや、自殺はありえないよ」

ぽつりと、藤花は言った。

全員の視線が集まる中、朔も頷いた。

清音は冷たく、藤花を見上げる。彼女は低い声で囁いた。

「どうして、そう思われるのですか?」

「一階、玄関ホールには分厚いペルシャ絨毯が敷かれている。床自体は柔らかく、頭から落ちたところで死ぬのは難しいでしょう。こうして首の骨を派手に折るには、相当不自然な体勢で落ちる必要がある」

藤花の推測に、朔は重ねて頷いた。恐らく、警察の手が入れば痕跡は見つかるだろう。

更に、藤花は言葉を続けた。

「そもそも、こんな死ぬ確率の低いところから、自殺のために飛び降りる人間はいない。これは殺人です。彼女は誰かと揉み合って落下したんだ」

「それならば……怪しいのは貴女方、ということになるのでは」

清音は針のような声で糾弾した。

絵美は短く息を呑む。

藤花を庇うため、朔は前に出た。だが、同時に理解もしていた。

今ここで最も怪しいのは、『霊能探偵』を名乗る二人組だ。これが殺人である以上、家の者達には藤花と朔が犯人に見えることだろう。だが、動じることもなく、藤花は続けた。

「私達は彼女が『貴女達の会った人物のうち、誰かが殺される』と予言したのを聞いています。『それがもしも私だったなら、どうか泣いてくださいまし』とも」

「お嬢様は何故、そんな予言を」

「そうです……私も、そこを疑問に思う。少女たるもの、それを放ってはおけない」

するりと、藤花は自身の顎を撫でた。彼女は深く考え始める。

いつの間にか、ホールには全員が集まっていた。

唄の母親の絵美、その傍に使用人の清音。廊下から、立夏と料理人の斎川は恐る恐るこちらを見つめている。守衛の橘は玄関の真横に、厳粛な顔つきで立っていた。

その全員が、不安げに藤花の言動を見守っている。

同時に、その視線には刃物のごとき疑惑の光も含まれていた。

だが、構うことなく、藤花は続けた。

「『殺されようとしているのが自分だった』なら、彼女はそう言ったことでしょう。では、この屋敷の中に無差別殺人犯がいて、誰かを狙っていたとでもいうのか。だが、それならば何故唄さんは『今晩』誰かが殺されると予言することができたのか。答えは一つです」

何故、星川唄にはそんな予言ができたのか。

藤花は、ただ一つの真実を続ける。

「唄さんが、今晩、誰かを殺そうとしていたのですよ」

＊＊＊

「そんな、馬鹿な……唄お嬢様が誰かを殺そうとしていた？」

「どういうことですか、娘が、そんな」

「驚かれる気持ちもわかります。ですが、そう考えれば疑問に説明がつくのです」

立夏と絵美の言葉に、藤花は落ち着いた口調で応える。

同時に、朔は思った。

『貴女達の会った人物のうち、この館では誰かが殺されるわ』

『それがもしも私だったなら、どうか泣いてくださいましね』

つまり、アレは犯行予告だったのだ。

『今晩、誰かが死ぬ』と、唄が予言できたのも当然だった。

唄が相手を殺せれば、相手の死体が出る。

唄が返り討ちにあえば、唄の死体が出る。

そういうことだったのだ。

朔達の飲んだ睡眠薬も、唄が入れたものだろう。

彼女しか、朔達が眠気防止にコーヒーを飲むだろうと予想できた人間はいない。

客間への出入りは自由だった。また、唄は藤花達を別の人間の下へ聞き込みに行くように仕向けた。入れる隙《すき》はいくらでもあったはずだ。

事前に、藤花達に殺し合う予定の相手の名前を告げなかったのは、警告や邪魔をされるのを防ぐためだろう。また、彼女は霊能探偵である藤花ならば、名前を明かさずとも死後に真実を明らかにしてくれると信じていた。蕩《とろ》ける目で藤花を仰いで、唄は囁《ささや》いた。

『もしも、私が真実を炙《あぶ》りだせず、すべてがわからないままになってしまったとしても、貴女ならきっと裁定を下してくださると思ったの』

今、藤花は望まれた通りに隠された真実の一端を明らかにしようとしている。

一体、唄は誰を殺そうとして返り討ちにされたのか。

「少なくとも、この中で唄さんに殺意を抱かれそうだった人物が一人だけいます」

そう、藤花は澄んだ声で宣言した。

すっと、彼女は黒色に包まれた手を挙げる。

そうして、藤花は一人を迷いなく指差した。

料理人の、斎川《さいかわ》を。

＊＊＊

「ちょっ、ちょっと待ってくださいよ。僕は詩お嬢様も、唄お嬢様のこともかわいそうだと同情していたんですよ。なんで殺意なんて抱かれなきゃいけないんですか?」

慌てて玄関ホールに飛び込んでくると、斎川は訴えた。

爽やかな顔に焦りの色を浮かべて、彼は必死に続ける。

「ずっと邪魔扱いしていた清音さんならともかく、どうして僕が」

「貴方一人だけが、詩さんの死に対して、おかしなことを言ったからですよ」

藤花はそう告げる。

朔は唄との会話を思い返した。

彼女は詩の事故死に対して、一人だけ疑惑を抱いていた。

恐らく、彼女も斎川から『その言葉』を聞かされたのだ。

「貴方は詩さんの死亡時のことを聞かれ、こう答えた。『バスケットを抱き締めて、そのまま真っ直ぐに』落ちたと……詩さんの遺体発見時、バスケットは側に転がっていた」

ハッと、斎川の顔が強張った。

彼のことを真っ直ぐに見つめ、藤花は続ける。

「彼女がそれを抱き締めて落ちる姿を見られたのは、犯人だけなんですよ」

「そんな……想像ですよ。想像。単に、想像を語っただけだ。よく、詩様はバスケットを抱き締めて散歩に出てらしたから、その時もきっとそうだったのだと」

「『バスケットを抱き締めて、真っ直ぐに落ちる』……これは実は犯人の殺した方法の自供でもあるのではないかと、僕は思うんです」

藤花は推測を重ねた。ひくっと、斎川は喉(のど)を動かす。

彼に向けて、藤花は澄んだ目をして語った。

「トリックとも言えないようなトリックだ。詩さんは崖(がけ)に向かって歩いていく。崖の周りの芝生に立ち、貴方は彼女に声をかける。忘れ物があると言ってね。そして振り向いた彼女の胸元に向かって、バスケットを投げつける」

朔はその様子を想像する。

緩やかな弧を描いたバスケットは、唄とよく似た少女の胸元に当たる。

バランスを崩し、少女は真っ直ぐに落ちていく。

反射的に抱き締めてしまった、バスケットと一緒に。

「そうすれば詩さんは衝撃で崖から落下する。辺りには、彼女の足跡だけが残されるんだ」

絵美(えみ)が信じられないようなものを見る目を、斎川に向けた。

壊れたように、斎川は首を横に振る。引き攣(つ)った笑みを口元に浮かべ、彼は訴えた。

「言いがかりだよ……でたらめを言わないでくれ！」

「でたらめかどうかは、本人達に聞くとしましょう」

藤花は朔を見た。朔は彼女を見つめ返す。

朔の瞳は、まるで鏡のように藤花を映した。

己の胸元に、藤花は手を添える。

トンッと、彼女は洋傘で、裁判の木槌のごとく床を叩いた。

「僕は本来、裁きを下すべき立場にはない人間だ。僕は探偵よりも、殺人者により近いからね。だが、裁定をと望まれた――故に、少女たるもの、託すとしよう」

そうして、藤花は両腕を開いた。

どこまでも柔らかく、彼女は囁く。

「――おいで」

斎川が誰も殺していなければ何も出ない。

だが、白い手が四本、宙から伸びた。

粘土細工のような、子供の手だ。

それはぎゅっと、斎川のことを抱き締めた。

＊＊＊

『きらきら星』が聞こえる。

白いナニカが、歌を謡う。

壊れた音程が耳を叩いた。楽しげに続く歌は、不協和音に近い。柔らかな肉塊と化した少女達は、上下左右に伸び縮みをしながら動いた。そうして、斎川の手を引く。

泥の中を、彼は猛烈な勢いで引きずられていった。

白いナニカはその間中、ずっと歌を紡いでいる。

「なっ、な、な、な、なっ」

悲鳴じみた混乱の声と共に、斎川は連れて行かれる。

その後に、藤花達は続いた。

母親や使用人、守衛も後についていく。

目の前の光景に愕然としながらも、彼らは死した少女達の行動を止めようとはしなかった。憑かれたように、全員が愚直に前へと足を運ぶ。

この行進は、まるで歪なハーメルンのパレードだ。

そう、朔は思った。

やがて、斎川は崖の前に来た。泥塗れになりながら、彼は死に物狂いで柵にしがみつく。少女達は、斎川を落とそうとした。だが、上手くはいかない。『きらきら星』が途絶える。

少女達は不満げな声をあげた。

斎川は縋りつくような目を、藤花に向けた。必死に、彼は訴える。

「助けて……助けてくれ」

「そうだね。貴方が警察にすべてを話し、罪の裁きから逃れないと誓うのならば、許される可能性もあるだろう。だが、その前に教えて欲しい。何故、貴方は詩君を殺したんだい？」

「それには、やむを得ない理由が」

「正直に応えないと、彼女達に殺されるよ」

藤花は囁く。

『きらきら星』が、また再開された。

伸び縮みする肉が、斎川に絡みつく。

頬の肌に、指が食い込んだ。べりべりと、肉が剝がされ始める。血の雫が地面を叩いた。

喉を詰まらせながら、斎川は悲鳴をあげた。

彼は目をさまよわせる。だが、冷たい視線が返った。

誰も助けてはくれない。

やがて、斎川はやけくそのように理由を叫んだ。


「殺せそうだったからだよ！」


沈黙が落ちた。

重い、重い、沈黙が。

藤花が尋ねる。

「……それで？」

「だから、殺せそうだったから！　それだけだ！」

具体的な続きなどなかった。

唇を嚙み締め、朔は天を仰ぐ。

あまりにも信じ難い。

斎川の動機は、本当に『ただそれだけ』だったのだ。

「詩様が忘れたバスケットを持って行った時、あっ、これで殺せるなって思ったんだよ！　誰にも疑われずに今なら殺せるって！　だから殺した、それだけだ！　それで悪いか！」

瞬間、藤花の傍を風のように駆ける者があった。

痩せた手が、斎川の足を掬いあげる。

突然の奇襲に、彼は対応が追いつかなかった。斎川は柵を乗り越えてしまう。

崖の向こうに、その体は落とされる。

霊ではなく、人間の手によって。

「────あっ」

宙に伸ばされた腕を、誰も摑み返さない。

かつて、そこから落下した少女と同じように。

たった一人で、斎川は落ちていく。

ぐしゃっと、遥か下で人の潰れた音が響いた。

愕然と、藤花は呟く。

「……奥方」

「死ね。お前など、死んでしまえ」

疲労の滲む姿とは打って変わって、鬼のように、二人の娘を失った母親は呟いた。

壮絶な笑顔で、絵美は斎川の死体を見下ろす。だが、顔を覆って、その場に崩れ落ちた。

震えながら、彼女は泣き始める。

清音がその肩に掌を置いた。

灰色の空を見上げて、彼女は囁く。

「午後からもう一雨くるそうです。この辺り一帯の足跡は消えるでしょう」

「………」

「唄お嬢様を殺したことで、この男は自責の念から飛び降りたのです」

清音は冷たく死骸を見下ろした。

立夏は何も言わない。

橘は帽子を胸に押し当てた。

『きらきら星』を歌いながら、少女達の霊は消滅する。

彼女達の姿は、灰色の空に溶け消えた。

その全てを眺めた後、清音は断言した。


「自殺、ですね」


誰も、何も言わない。

雨が、ぽつりと降り始めた。

やがて、それは強さを増していく。

まるでこの事件に、幕を下ろそうとするかのように。

＊＊＊

警察の事情聴取も済み、一泊後、朔(さく)達は家に帰れることとなった。

すでに、空は晴れている。

帰りの車の中、藤花は窓を開けた。頭上には、薄青い空が広がっている。

冷たい風を受けながら、彼女は囁いた。

「本当はこの結果になる前に、唄君ともう一度話がしたかったんだ」

「何を、話したかったんだ？」

朔は尋ねる。

藤花は窓辺に顔を寄せた。彼女は切なげに囁く。

「僕に任せてもロクな結果にはならない。僕はそういう人間だ。それでも本当にいいのかと。君はどんな結末を望んで僕を呼んだのかと。だが、駄目だった。怨みを持った魂を話ができる状態で呼び出すことは不可能だね……本家の『かみさま』にならできたのかな」

一度、藤花は目を閉じた。朔は何も言わない。本家の『かみさま』にならば、間違いなくできただろう。彼女は万能だ。だが、藤花の能力はそうではない。だが、と、朔は思う。

『あの事件』がなければ、果たして『かみさま』も今ほどに万能だっただろうか、と。

首を横に振り、朔は陰惨な記憶を振り払う。

車内には、一時沈黙が流れた。

瞼を開き、藤花は悲しげに囁く。

「殺人を止めることはできなかった」

「ああ」

「結局、僕の能力は復讐にしか役立たない」

運転に集中しながらも、朔は考える。

藤花の残された思念を読み取り、引き寄せられる魂は怨みを持ったものだけだ。その者達は、自身の憎しみを晴らそうとする。そうして、続けて、朔は絵美のことを思い返した。

壮絶に笑い、震えながら泣いていた、彼女のことを。

二人の娘を失い、殺人を心に秘めながら、絵美は今後どう生きていくのだろうか。

ぽつりと、藤花は囁いた。

「こんな能力になんの意味があるんだろう。何故、僕はまだ生きているんだろう」

「能力には、意味なんかなくていい。お前には、俺が生きていて欲しい」

「それは君が」


何も知らないから、と、確かに藤花は言った。


だが、藤花はそれ以上言葉を続けなかった。朔も悟る。今の彼ではその言葉の続きを引き出すことはできない。だから、朔は無言を選んだ。沈黙の中、二人は冷たい風を受ける。

そうして、朔達は二人のアパートへと帰還した。

間話

「『私達が「人」として認識しているものは何か？』」

少女たるものの言葉を、朔は繰り返す。

一つ、彼女は頷いた。朔はひどい困惑に襲われる。その言葉はいかにも謎めいていた。

人として、認識しているもの。

そんなものは明らかだ。

明らかなはずだった。

それなのに、

（説明が、できない）

うっすらと、朔は得体の知れない寒気を覚える。

その間にも、白の庭には、誰も来ない。

ただ、朔と少女だけがいる。その永遠にも思える空間で、彼女は言葉を紡いだ。少女の声は小さい。だが、確かに、庭の中に不思議と満ち、静かに退いていく。

「たとえば、怨みを持った霊を呼ぶとき、僕は人の尊厳を、踏み躙られた思いを、目に映す。それを縁に、死を認められない者を、『自分がこの世に残る意味を失っていない者』をこの世界へ呼び戻すんだ……だが、そもそも、人の尊厳とは、思いとはなんだろうか」

自分は、それを視ている。

そう語りながらも、少女は首を傾げた。

不思議そうに、彼女は自身の能力について口にする。

「僕には己の視ているものの曖昧さを認識している。僕の視ているものは確かに『人』の踏み躙られた思いだ。だが、僕達は何をもって人と他をわけているのだろうね。そして何故、死して尚、『自分がこの世に残る意味』を失っていない者がいるのだろう。彼らは何故、己が世に残る意味を喪失せずに済むのだろう。その事実が、僕には全くわかり難い」

少女は囁く。

人は、怖い。

ひとはこわいと言うように。

風と花弁の中、彼女は続ける。

「人とは、わからないことばかりだよ」

そうして、『かみさま』は全てを嘆いた。彼女の声を聴きながら、朔は返す言葉を見つけられないでいる。彼にはその境地を知ることはできない。ならば、何を言えというのか。

だが、頭の中を必死で探って、朔はどこか突き放すような言葉を選び出した。

「それで、結局、貴女は何が言いたいのですか？」

「本質的に、僕は生よりも死に近いところにいる、ということだよ」

花弁が一枚、ふわり、少女の鼻先に踊った。

白い手を伸ばして、彼女はそれを捕まえる。パシッと鋭い音が鳴った。

まるで、蝶でも握り潰すかのような。

一瞬、覚えた錯覚を、朔は振り払う。

花弁は花弁だ。

蝶ではない。

命ではなかった。

「僕は恐ろしいんだ。僕の視ているものは、僕のこの力は、多くの人が魅せられるものだ。死は、本来、近寄れる事象ではないからね。だが、僕自身はこんなに曖昧で、生よりも死に近いところに立っている。だから……」

「なんですか？」

「本当は、君に傍にいて欲しい」

そう、少女は告白した。

静かに、朔は息を呑む。

「大事なものを見逃さないように。もしも、この能力がやがて本家に破滅を招く日が来るのならば、恐れずに、やるべきことをやれるように」

続けて、少女は目を伏せた。さらりと、黒髪が動く。
黒の中の白。
白の中の黒。
二つの色で造られた光景の中、
答えを聞く前から、少女は諦めきっているかのように言葉を落とした。
「だが、この望みは叶うことなどないのだろうね」

第三の事件　見えない友達

星川の屋敷から帰宅後、藤花は元気を失った。

それはそうだろうなと、朔は思う。

今までにも、朔と藤花は多くの陰惨な事件に拘わってきた。人の死も目の当たりにし続けてきている。だが、少女から殺人の予告を受け、守れなかった例はこれまでにない。

藤花は、彼女のことを守りたかったのだ。

誰かのことを救いたいと強く望んでいた。

だが、それは叶わなかった。

その事実は、過去最高に藤花の心を打ちのめしたらしい。

彼女はリング●ィットを放棄した。更に、炬燵の中へと潜った。

本来、藤花は食のためならばアグレッシブになるタイプのニートである。

それなのに、彼女はおやつすら食べようとはしなくなった。

流石に食事の時間になると、朔は彼女を炬燵の中から引きずり出して、手ずから食べさせた。だが、朔がバイトに行っている間など、藤花は食を放棄し、ひたすらに眠り続けた。

これはまずいと、朔は悟った。

「藤花、食事は摂らないと駄目だ。俺はお前が心配だよ」

「ありがとう、朔君……君の優しさが身に染みるよ。でもね、食べたくないんだ」

朔の訴えに、藤花は弱りきった調子で応えた。

目を閉じて、半ば眠りながら、彼女は囁く。

「どうして、僕には君の手を振り払って、死ぬ勇気がないんだろう」

その言葉に、朔は寒気を覚えた。放っておけば、藤花が失われてしまうような気がした。

なんでもいいから、現状を動かしてくれるものはないだろうか。

他力本願ではあるが、朔がそう願った時だ。

その人は、朔のアパートに現れた。

＊＊＊

「昔、幽霊が見えたんですよ」

おっとりとした口調で、女性はそう話を切り出した。

大人しそうな、線の細い、黒髪の美人だ。彼女は白いダウンコートの下に、淡いクリーム色のセーターと紺色のジーンズを合わせている。クッションに座る際、ことさら丁寧に足を畳む仕草が印象的だった。背筋をまっすぐに正して、彼女は微笑みを浮かべている。

名前は森田鈴。保育士をしているという。

彼女は、『藤花霊能探偵事務所』の住所を見て、朔の部屋を訪れたとのことだった。

星川の屋敷を訪れる前に、藤花はホームページを更新、あろうことか朔のアパートの住所を事務所の位置として記載したらしい。このご時世に物騒な話だった。

朔からすれば、迷惑この上ない。しかも、こうして、実際に足を運ぶ客まで出てしまう始末だ。だが、帰れというわけにもいかず、朔は彼女に茶を出して相手をしていた。一方で、まだ、藤花は炬燵の中に潜っている。彼女に代わり、朔は依頼人の話を聞いていた。

胸に手を押し当て、鈴は語る。

「幼い頃、私には幽霊が視えました。幽霊とは友達だったんです」

「……そう、ですか」

強張った声で、朔は応えた。

朔の知る幽霊は皆、この世に強い未練を残している。そのほとんどは、まともな意思疎通を行うことは不可能だった。本家の『かみさま』ならば、この世との繋がりが薄い霊も呼べるとは聞く。だが、それは『かみさま』が強い異能を持っているからこそだった。

本当に、幼い頃の鈴が幽霊と話をできたのか否かは怪しいものだろう。だが、朔が知らないだけで、そうした例外もあるのかもしれない。

決めつけるのもよくないだろう。そう、朔は頷く。

更に、鈴は話を続けた。

「ですが、成長するに連れて、彼女とは話ができなくなってしまったんです」

『彼女』ということは、どうやら幽霊は女児だったらしい。

鈴は悲しげな顔をした。軽く唇を噛み締めた後、彼女は言う。

「今までは忘れていました。ですが、最近になって思い出したんです。ああ、そう言えば幽霊と友達だったなって。家ではよくラップ音もしていて、お父さん、お母さんに見えないのって尋ねても何も見えないし聞こえないって答えられて、懐かしいなあ……だから」

「どうして思い出したんですか？」

炬燵の中から声が響いた。

えっ？　と鈴は辺りを見回す。

炬燵布団の一部がもぞもぞと蠢いた。ぺろりと、それは内側からめくれる。

にょっと、藤花が中から頭を突き出した。

なんとなく、キノコを連想させる生え方だった。めちゃくちゃに髪が乱れているせいで、綺麗な顔はだいなしになっている。ぐしゃぐしゃの黒の中で、藤花は静かに目を光らせた。

鈴は何が起こっているのか、わからないという顔をする。無言のままに、朔はその気持ちはわかりますと頷いた。いきなり炬燵から人が生えてきたら普通はそういう反応になる。

そのまま、芋虫のような動きで、藤花は炬燵から脱出した。猫のごとく、彼女は背中を伸ばし、髪を整える。同じ質問を、藤花(とうか)は鈴(すず)に繰り返した。

「どうして思い出したんですか？　何かきっかけでも？」

「えっと、どうして、だったかしら……確か、仕事中に近所の公園に行った際、遊んでいる子達を眺めていたら、ふっと頭に浮かんだんです」

「……なるほど。それで、貴方は僕に何を頼みたいのですか？」

　改めて、藤花はそう尋ねた。

　鈴は小さく息を呑(の)んだ。炬燵(こたつ)の中から出てきた段階で、藤花のことは信用に足る人物とはとても思えないだろう。だが、折れることなく、彼女は頼みを切り出した。

「幽霊を呼び出してもらえませんか？　私はもう一度、彼女と仲良く話がしたいんです」

「無理ですよ。怨(うら)みなど強い負の感情を持っている幽霊以外は、縁が僕の目には映らない。僕の力では引き寄せることなど不可能だ」

「でも、私も幽霊と話をすることができたんですよ？　霊能探偵さんにならもっと……」

「貴方と幽霊の思い出については……僕の認識の範疇(はんちゅう)外の不思議な出来事と言えますね。嘘や夢幻とは言わないけれども、本当にあったこととは信じ難いよ」

「本当にあったんです。何か……そう、お風呂場で事故があって以来、彼女は現れなくなりました。一気に、家に人がたくさん来たせいなのかな……あれ以来、私は彼女とは一度も会えていません……」

ぼうっと、鈴は何かを思い出そうとするような顔をした。虚ろに、彼女は視線を空中にさまよわせる。鈴を見つめ、藤花は考えに沈むように目を細めた。

改めて、鈴は背筋を正す。藤花に向けて、彼女は再度訴えた。

「無理かも知れなくても、ぜひやってみてください。お願いします」

深く、鈴は頭を下げた。大人しそうに見えて、彼女は頑固らしい。退く気はないと、鈴は全身で語っていた。

沈黙が落ちる。

それ以上、鈴は何も言わない。

藤花も無言のままだ。

そのまま、長い時間がすぎた。

時計の針の音だけが、静寂を掻き乱す。

やがて、藤花のほうが折れた。細く、彼女は息を吐き出す。

「わかった……ものは試しです。やってみましょう。もしも友好的な霊を、僕が呼び出せたらそれこそ奇跡だ。でも、何事もなければ、諦めて帰ってくださいね」

「構いません。お願いします」

「やれやれ、本当にできたら、幸福なことだとは思う……でも、無駄だと思うんだけどな」

そう、藤花は頭を横に振った。だが、朔は鈴の依頼内容に興味があった。万が一、友好的な霊を呼び出すことができれば、藤花の能力に新たな活路を見いだせるかもしれない。それは、藤花にとっても喜ばしいことのはずだ。この一幕に、彼は緊張しながら向き合う。

朔の考えを知ることなく、藤花はぽきぽきと指を鳴らした。彼女は朔のほうを見る。

朔も藤花を見返した。

鏡のように、朔の目は藤花の瞳を映し返す。

藤花は息を吸い込んだ。

彼女は両腕を広げた。今回はジャージ姿のままで、藤花は声を響かせる。

「――――おいで」

瞬間、ぶわりと、
世界は『ここではない場所』に繋がった。

鈴の背後から、二本の白い腕が伸びる。

ソレは、鈴の体に巻きついた。

幽霊の暗い眼孔が、にたりと笑みを刻む。

ほぼ白く柔らかな肉塊と化した子供の体が、一度床の上を跳ねた。

「……………えっ」

「……………なっ」

朔と藤花は言葉をなくした。

子供の幽霊は確かに呼び出せた。だが、それは友好的な霊ではない。

明らかに、鈴に対して怨みを持っている霊だ。

小さな指が、鈴の喉に食い込んでいく。紅い血が静かに垂れ落ちた。

鈴は短い悲鳴をあげた。

「ひっ」

「なん、で」

藤花は驚愕の声をあげた。冷静さを失い、彼女は無意味に手をさまよわせる。

これでは話が違う。

幽霊は、鈴の友達ではなかったのか。

何故、鈴のことを殺そうとするのか。

そう朔が悩む間にも、幽霊は白い指を蠢かせた。鈴の喉に、幽霊はソレを深く食い込ませる。

このままでは大惨事になるだろう。

藤花は慌てて幽霊のことを止めようとした。だが、そこで視線を迷わせる。

「どうしよう……まずいよ、朔君」

幽霊を消去する方法はなかった。

今まで、藤花は幽霊を呼びながらも、自力で消したことはない。

だが、例えば、怨みを持たれた人物が心からの謝罪を行う、贖罪を果たすなどの方法で、満足した霊が消えた事例はあった。死に物狂いの懇願が届いたこともある。

しかし、今回は話が別だ。

幽霊に対し、鈴は何ら負い目を抱いてはいないはずだった。

それなのに、彼女は襲われている。

朔は全身の血の気が下がるのを覚えた。

このままでは、鈴は殺されてしまうだろう。

「鈴さん、こっちへ！」

その腕を引き、朔は鈴を幽霊から離そうと試みた。鈴は凍りついていた足を、前のめりに動かした。幽霊の腕は餅のように柔らかく伸び、離れた。鈴の喉の表面が削り取られる。肌の上に、線のような跡が残った。だが、一時、鈴は幽霊から逃れることができた。

そのまま、彼女はアパートの廊下を駆ける。転びながらも、鈴は外へ出ようとした。

幽霊はてっ、てっと後を追いかけ始める。

「待て！」

「行かせるわけにはいかないよ」

藤花と朔は、その前に立ち塞がった。

暗い眼窩が、二人に向けられる。一瞬、朔は鮮烈な恐怖と寒気を覚えた。だが、幽霊は朔と藤花には構いはしなかった。猫のように滑らかに、白い肉塊は二人の間を通り抜ける。

ソレは鈴に迫った。子供の霊は、玄関で鈴の足首を摑んだ。

「きゃあっ」

鈴はその場に転んだ。白い肉塊は、彼女に圧し掛かる。

目の前を腕で隠しながら、鈴は必死になって叫んだ。

「ごめんなさい、ごめんなさい、ごめんなさい、許して！」

その謝罪は、具体的に何に対してのものなのか　鈴にもわかっていないようだ。そんな中途半端なものが相手に届くわけがない。案の定、幽霊は話を聞かなかった。

再度、白い腕が伸ばされる。それは鈴の眼球を狙っていた。

怯えた声で、鈴は高く叫ぶ。


「許して、お母さん！」


子供のように、鈴は身体を丸めて泣いていた。

瞬間、大きな変化が起こった。朔と藤花は、間抜けに口を開く。

「………えっ？」

霊は動きを止めていた。だらりと、白い肉塊は腕から力を抜いている。

呆然と、幽霊は何かを考えているようだった。

ふっと、突然、その姿は掻き消えた。

後には何も残らない。

まるで、幽霊が怨みを忘れたかのようだ。

急激な変化に、藤花と朔は顔を見合わせる。一体、何が起きたのか。初めから、最後までわからなかった。藤花と共に混乱したまま、朔は脳裏に疑問を並べる。


何故、幽霊を呼び出すことができたのか。

何故、幽霊は鈴を殺そうとしたのか。

何故、幽霊は消えたのか。


「す、鈴さん、大丈夫ですか？」

「……あぁ、そうか」

朔は鈴に声をかける。ぼんやりと、鈴はそれに応えた。虚ろな目で、彼女は天井を見上げている。その首筋からは血が流れ落ち、セーターを紅く染めていた。だが、鈴に痛みを感じている様子はない。違和感を覚えながらも、朔は彼女を助け起こそうとした。

「大丈夫ですか、直ぐに手当てを」

「そういうことだったんだ」

朔(さく)に、鈴(すず)は応えなかった。独り言のように呟(つぶや)き、彼女は何度も瞬(まばた)きをくりかえした。

ふらりと、鈴は立ち上がる。まるで、糸で操られているかのように不自然な動きで、彼女は進み始めた。そのまま靴を履き、鈴はふらふらと歩いていく。

扉を開き、彼女は外に出た。魂が抜けているかのような進み方で、鈴は部屋を後にした。

カーペットの上には血の染みが散っている。

後には、朔と藤花(とうか)が残された。

＊＊＊

「アレは、なんだったのだろうね」

炬燵(こたつ)の天板の上に顎(あご)を乗せ、藤花は言った。

わからないと、朔は首を横に振る。眉根(まゆね)を寄せながら、藤花は続けた。

「どうにも心配だよ。何から何までが異様だった。少女たるもの、放っておきたくはない」

先日の鈴の様子が気がかりなのか、藤花は炬燵の外に復帰した。いいことだと、朔は思う。

だが、鈴のことは問題だった。放っておけないのは、朔も同意だ。しかし、朔達は鈴に電話番号や家の住所は聞いてはいなかった。関わろうにも、方法がない。

首を横に振って、朔は気分を切り替える。

彼は炬燵の天板の上に、コンビニでのバイト帰りの土産ものを置いた。中には藤花の好物各種が入っている。藤花の頭にぽんっと手を置いて、朔は言った。

「ひとまず、悩みはおいていっぱい食べろ」

「わぁ、朔君が僕に甘いよ！　いいことだね？」

「……食べられない状態になられるより、マシだからな」

がさがさと中を漁り、藤花はまず餡饅を手に取った。柔らかな白に、彼女はかぶりつく。

考えるために脳を使うせいか、藤花は食欲も復活していた。

怪我の功名と言えばいいのか、朔からすればありがたい話ではある。

藤花が弱っている姿はなるべく見たくはなかった。鈴には悪いが、あの一件は藤花にはよい効果があったといえる。だが、と朔は眉根を寄せた。もう一つ疑問が思いついたのだ。

（最後、鈴さんは何を納得して、帰ったんだろうか？）

考えたところで答えは出ない。炬燵布団を捲り、朔は藤花の隣に滑り込んだ。炬燵の天板に顎を乗せ、彼は深く息を吐く。体を暖めながら、朔はバイト先で聞いた話を始めた。

「近所の小学校で、行方不明事件が起きてるそうだ。最近、物騒だな」

「……行方不明事件？」

「親の都合か何かで、まだ報道はされていないが、小学生がもう一週間姿をくらませているらしい。藤花もふらふら外に出て、攫われたりしないように注意してくれよ」

朔はそう釘を刺した。

藤咲の家の女は、不幸を招きやすい。

近所の事件に巻き込まれ、いきなり姿を消してもおかしくはなかった。

「……小学生の行方不明事件、ね」

朔の心配をよそに、藤花は何かを考えこみ始めた。ぶつぶつと、彼女は何かを呟く。

「……小学生……仕事先の公園……思い出したきっかけ……」

その時、彼女のスマホがぽこぺんと間抜けな音を立てた。

藤花は画面を覗き込む。険しく、彼女は眉根を寄せた。何があったのかと、朔は首を伸ばす。

藤花はスマホを朔の方に向けた。そこには、ホームページ記載のメルアドへと送られてきたのだろう。一通のメールが表示されていた。短い文面を、朔は無言のまま読んだ。

『先日はお世話になりました。森田鈴です。

私はやり直してみせます。先日のことは忘れてください』

「……やり直す……忘れてくださいって、どういうことなんだ？」

「明日、彼女の職場を探すよ、朔君」

不意に、藤花は言った。意味がわからず、朔は首を傾げる。

それに、鈴の職場を見つける手がかりなどない。

「ちょっと待っておくれよ……ああ、あった」

藤花は朔の本棚を漁ると、周辺の地図を取り出した。続けて、年代物のコンパスを探り当てる。まず学校を中心に、彼女は丸を描いた。そこに引っかかった一番大きな公園から、更に丸を描く。すると一軒の保育園が円の中に入った。

「小学生のよく行動するだろう範囲と、保育園児が散歩に行ける範囲で丸を描いてみた……彼女は『仕事中に公園の子供達を見ていて』、幽霊の友達を思い出したと言っていた。彼女の職場は多分ここだよ。あの人はこの場所に保育園児を散歩に連れてきて、小学生達に遭遇、幽霊のことを思い出したんだ」

「なんで、そんなことがわかるんだ？」

「これは僕の勘だがね。誘拐事件と彼女の話には関連がある」

迷いなく、藤花は言い切った。

保育園につけた印を睨みながら、彼女は続けた。

「きっと、幽霊と昔は仲がよかったことにも、ね」

朔には何がなんだかわからなかった。

だが、彼は翌日、藤花と保育園を訪れることに決めた。

＊＊＊

「森田鈴さんならね、ずっと無断欠勤してるのよ」

「無断欠勤、ですか」

「貴方達、彼女の知り合いならちょっと注意をしに行って来てくれない。ついでに、これも持って行って。えっ、住所を知らないの？　バイト先の知り合い？　それなら……」

そう言って、朔達は大量のプリントを押しつけられた。

その上、鈴の住所を聞かされた。

個人情報保護の時代に、信じられないような話だ。

だが、園長の婦人は細かいことは気にしない性質らしかった。彼女の頭の中は、鈴の無断欠勤に対する、面倒だという思いだけで占められているらしい。鈴に会うことを一先ずの目標としていた朔と藤花にとっては、幸いな話だった。

教えられた住所を頼りに、朔達は街を歩いた。薄曇りの下を、二人は足を進める。

幾つも寂れた路地を曲がった。やがて、朔達は団地の並ぶ一角に辿り着いた。

古びた街並みの中、団地の造る日陰に埋もれるようにして一軒の家が建っている。

新聞紙などは郵便受けから回収されているため、生活は営まれているようだ。だが、玄関先にはゴミ袋が並べられ、荒れた空気が漂っていた。庭の雑草も生え放題になっている。

思わず、朔は中に入ることを躊躇った。迷いながらも、彼はブザーに手を伸ばす。

だが、藤花がその手首を摑んだ。彼女は真剣な顔で言う。

「恐らく、ここには人が誘拐されているよ」

「……………はぁ？」

朔には、藤花の断言の理由がわからなかった。だが、彼女がこう言う以上、何か根拠があるのだろう。小学生誘拐事件を思い出し、朔は神妙な顔つきで頷いた。

そっと、藤花は玄関に手をかけた。ゆっくりと、彼女は引き戸を開く。

鍵はかけられていなかった。

中には人の気配がする。

玄関からも、生活音が僅かに聞こえた。いつ、鈴と出くわしてもおかしくはないだろう。

それでも、藤花は中へと入った。

二人は家屋に浸入する。古びた廊下を進むと台所で動く影が見えた。それを無視して藤花は奥へ奥へと歩いた。だが、誰もいない。仏間のただ中に立ち、彼女は首を横に傾げた。

その時、ぎしりと天井の軋む音がした。

頷き合い、藤花達は階段を昇った。

二階は薄暗い。古い廊下に、数枚の扉が並んでいる。音から検討をつけて、藤花は一室の扉を開いた。中には、明かりがついていた。狭い和室が目に入る。壁には和箪笥が置かれていた。中央には布団が敷かれている。そこに目を向けて、朔は思わず息を呑んだ。

布団の上には、女児が座っていた。

痩せた小学生が怯えた目をあげる。

驚きながら、朔は喉の奥から小声を押し出した。

「何故、鈴さんの家に」

「彼女の昔仲の良かった『幽霊』とは、見えない人間のことだったんだ。それに気づいた彼女は、前回の失敗をやり直そうとしている」

見えない人間とは何か。

藤花は何を言っているのか。

やはり、朔にはわけがわからなかった。だが、今は小学生を助け出さなくてはならない。

足音を殺して、朔と藤花は彼女に近づいた。

よく見れば小学生の肌には紺色の打撲痕があった。暴力を振るわれているのかと朔は眉根を寄せる。鈴の大人しそうな外見からは考え難かったが、人は時に予想外のことをする。

声を潜めて、藤花は子供に話しかけた。

「いいかい、僕達は君を迎えに来たんだ。少女たるもの、この歪な状況を放っておくわけにはいかない。それに、僕は人を助けなければならないんだ。それが、せめてもの『贖罪』になるのかもしれないから……どうか、大人しく僕達と一緒に来ておくれ」

「お姉ちゃん、人がいる！」

小学生は、急に大声で叫んだ。

衝撃に、朔は言葉を失った。

何故、誘拐された被害者が犯人のことを呼ぶのか。何故、藤花は人を助けることを『贖罪』と言ったのか。あらゆることがわからない。だが、考えている暇などなかった。

途端、どたどたと、一階から騒がしい足音が響いてきた。

廊下を嵐のように走り、駆けつけた誰かは扉を開く。

その手に持たれた、包丁が光った。

信じられないような思いで、朔は彼女を見つめる。

鬼のような形相を、鈴は二人に向けていた。

小学生は、鈴に小走りに駆け寄った。身を縮めて、彼女は鈴の後ろに隠れる。

「お姉ちゃん、私を離さないで」

「ええ、大丈夫よ。私が守ってあげるから」

何が起こっているのか、朔は混乱を覚えた。

鈴は小学生を守るという。

だが、女児は誘拐されたのではなかったのか。

微塵（みじん）も、朔には現状が理解できなかった。だが、藤花には全てわかっているようだ。

真っ直（ま）ぐ（す）に、彼女は鈴を見つめた。藤花は凛（りん）とした声で言う。

「勘違いをしては駄目だ」

鈴(すず)がこちらに包丁を向ける。

朔(さく)は藤花(とうか)の方を窺(うかが)う。

だが、藤花は臆さない。

そうして、彼女は朔の予想しない言葉を続けた。

「貴方の姉妹が死んだのは、貴方のせいではありませんよ」

＊＊＊

「……どういうことなんだ」

「鈴さんの言う『幽霊』は、実際に魂を呼び出すことができた。この段階で、現実に死んだ人間がいることは確定している。また、友好的な霊とは常人は会えない」

朔の問いかけに、藤花は応えた。

ならば、かつて、鈴と仲が良かったという幽霊はなんなのか。

記憶違いなのか。だが、藤花はそうではないと首を横に振った。

「鈴さんは公園で遊ぶ小学生達を見て、幽霊の友達のことを思い出した。その記憶を想起した存在は、今攫(さら)われているその子だろう。彼女は肌に打撲痕があったね。紺色は治りかけのものだよ。つまり、その子は鈴さんにではなく、家で暴力を振るわれていたんだ。彼女は虐待されている子供を見て、幽霊の友達を思い出した」

「……つまり？」

「幽霊の友達は、現実に存在した子だったんだよ。恐らく、鈴さんの姉妹だ」

藤花は、歪な事実を吐き出した。ならば、何故、鈴は姉妹を『幽霊の友達』と思ったのか。疑問を胸に抱いたまま、朔は言葉を聞く。

藤花はある家族の問題を並べていった。

「家の中で、鈴さんはラップ音をよく聞いたという。それは、姉妹の生活音だ。だが、父親も母親も何も見ないし聞こえないと言い張った。彼女はネグレクトを受けていたんだ」

「そこにいるのに、いないと扱われていたのか」

「ああ、そうだろうね……だが、その子と、鈴さんは友達になってしまった……幽霊は、彼女のことを憎んでいた。そこには、理由がある」

幽霊の子供は、鈴を殺そうとした。

彼女に対して、強い怨みを持っていた。

一体、それは何故か。

「恐らく、鈴さんが仲良くしたせいで、両親はいない子のことを無視できなくなり、始末したんだと思う。鈴さんは言っていたね。『家の風呂場で事故があり、人がたくさん来た』と。以来、幽霊は見えなくなった。ネグレクトされていた子は、家庭内の事故に見せかけて殺されてしまったんだ」

「風呂場に、沈められでもしたのか?」

「恐らく、ね。そして、いない子は本当にいなくなり、鈴さんには幽霊が見えなくなった……その真実を、あの時、貴方は思い出したんですね」

藤花は鈴に尋ねる。包丁を持ったまま、鈴は震えている。彼女は応えようとしない。

だが、藤花は言葉を続けた。

「僕の出した、幽霊の見える条件……そして、出現した幽霊の様子を見て、貴方は封印していた記憶の蓋を開いたんだ。そして、想起させる原因になった子を、かつての姉妹の代わりに守ろうと決めた」

ぎゅっと、小学生が鈴に縋りつく。その背中に、鈴は手を当てた。

包丁の先を、鈴は下ろした。彼女は藤花を見つめる。

その目は、黒く澄んでいた。怒りも、悲しみも、彼女の瞳の中には何もない。

この家で遭遇して初めて、鈴は口を開いた。

「ええ、そうよ。私は、この子を守るの。このままだと、妹みたいに殺されてしまいそうなこの子を、守ってみせる。そうしたら、きっと妹だって、私のことを許してくれる」

「妹さんは、貴方が『許して、お母さん』と叫ぶのを聞いて、姿を消した……恐らく、貴方も忘れていただけで相当な虐待を受けてきたはずだ。もう、貴方は許されている。これは犯罪です。その子を助けるには、他に方法があるはずだ」

「どうするの？　行政に訴えるの？　学校に伝えるの？　親の元に何度も通うの？　それで、この子が殺される前に間に合うって誰に言えるっていうのよ！」

不意に、鈴は叫んだ。乾いていた目が急速に潤む。その頰を、幾筋も涙が零れ落ちていった。耐え難いと言うように、鈴は背中を丸めた。まるで子供のように、彼女は泣く。

「また間に合わなかったらどうするの？　殺されそうな子がいるのに、行動に移すなって？　それで、それで、この子が死んだら、私は今度こそどう生きて行けばいいの！」

その涙を見て、小学生が鈴に抱き着いた。ぎゅっと、彼女は鈴のジーンズに包まれた足に腕を回す。小学生もまた、涙を堪えた声で言った。

「泣かないで、お姉ちゃん」

「うん、大丈夫よ……大丈夫だからね」

「私ね、お姉ちゃんと一緒にいたい。お姉ちゃんは私を殴ったりしない、私の顔を水につけたりしない。お湯だってかけない。一緒がいい。お姉ちゃんと一緒がいいよ」

小学生も泣き出した。強く、彼女は鈴に抱き着く。

必死になって、二人は縋り合っていた。

朔と藤花は言葉をなくす。

その前で、鈴は涙を拭って訴えた。

「本当は、私はきっと死んだ方がいいの」

それは、あまりにも虚ろな言葉だった。

空っぽだからこそ、本心が滲んでいる。

藤花は小さく拳を握り締めた。恐らく、その言葉は、彼女にとってはわかるものなのだ。同じように、心臓に刺さる一言なのだろう。朔は目を見開いた。慌てて、彼は口を開く。

「そんなことは……」

「あるわ！　私はあの子を無邪気に犠牲にしてしまった時に、本当は一緒に死ぬべきだった。でもね、今は生きていたいの……この子のために、生きていたいの」

それもまた、どこまでも真剣な言葉だった。

カランと、包丁が床の上に落ちる。

鈴は小学生の背中を強く抱いた。

そして、彼女は二人へ晴れやかな笑顔を向ける。

「――――出て行って」

強い意志の込められた声だった。

朔も藤花も返す言葉を持たなかった。

無言のまま、二人は家を後にした。

＊＊＊

翌日、朔と藤花は再び鈴の家を訪れた。

家の鍵は開け放されていた。中には慌ただしく、荷物をまとめた形跡があった。

二人は姿を消していた。

誰もいない家の中、藤花はぽつりと呟(つぶや)いた。

「僕は、こんな方法は間違っていると思ったんだ。それに、誰かを間接的に殺してしまったとしても、彼女は確かに被害者だった。鈴さんは僕と違って救われるべきだった……だから、彼女を説得したかったんだ……鈴さん達のために、僕はもっと何かできたのかな」

「わからない」

「それとも、生きる価値のないと思っていた人間が、二人合わさって生きていけるのならば、それでもいいんだろうか」

その問いに、朔は答えを持たなかった。嚙(か)み締めるように、藤花は続ける。

「死んだ方がいいと、思っていた人間が生きていけるのなら」

藤花の言葉は、まるで自分自身のことを問いかけるかのようだった。それに、朔は適切な言葉を返せない。藤花いわく、朔は彼女のことを『何も知らない』のだ。きっと、どんな思いを口にしたところで、届きなどしないのだろう。ただ、天井を仰いで、朔は思った。

生きる意味と、死ぬ理由について。

生死の重さは、簡単に動く。

鈴は死にたいと強く願った。

だが、彼女は死ぬ理由ではなく、生きる価値を見つけたのだ。

それだけは喜ばしいことだろう。

だから、朔は言う。

「祈ろう、藤花」

「祈る?」

「せめて、それだけでも」

「うん、……そうだね」

藤花は頷いた。

朔と共に、彼女も目を閉じる。

二人は祈った。

鈴達の今後に、幸の多いことを。

せめて、せめて。

幸いあれ、と。

間話

「さあ、何故だろうね。それとも、君は叶えてくれるのかな？」

白の海の中、少女は微笑(ほほえ)んだ。彼女の望みはささやかなものだった。少女は、朔(さく)と共にいたいという。朔は口を開く。だが、言葉は声にならない。彼には返事を形作れなかった。

どうっと、重い風が吹く。

少女の髪が踊り、白の中に黒の流れを生んだ。

ふと、朔は疑問に思った。もう、自分達はどれだけの時間を、こうしてすごしているのだろう。母に手を引かれてここに来た時から、既に数時間が経ったように思えた。

あるいは、数日か、数年か。

百年か。

そう言われても、朔は驚きはしないだろう。

それだけ、少女と共にすごした時間は異質なものだった。

百年、待っていてください。

きっと会いに行きますから。

「何故、望みは叶わないと思うのですか？」

そう、語った物語はなんだったのか。朔はとりとめもなく考える。

不意に、少女は黒の洋傘を開いた。

パンッと音を立てて、花弁が弾かれる。

朔の答えを遮るように、少女は傘を差しながら語り始めた。

「僕は危惧しているよ。本家は異能というものに耽溺し、正常な判断力を失っている。今後ますます、その傾向は強くなるだろう。それが致命的な変容を迎える日がくれば僕は成すべきことを成さねばならない。それと同じくらいの強さで、僕はある心配をしている」

「何を、ですか？」

「僕が死を覗くときに、何が起こるのかを」

不吉なことを、彼女は言う。朔は、その言葉が冗談ではないと知っている。少女は生よりも死に近いところに立っているのだ。首を緩やかに傾げて、彼女は続ける。

「あるいは、君が死なないか」

「俺が、ですか？」

「生きる理由を他に依存させている者は、そのためならば平気で命を投げかねないからね」

「俺は、そんな人間ではありませんよ」

「かもしれない。まだ、わからないさ」

そう、少女は淡々と応えた。

その答えに、朔は翻弄される。

結局、彼女は何を言いたいのだろうか。

朔の視線に応えるように、少女は短く頷いた。

そして、彼女は寂しげに続ける。


「——人は、簡単に死にすぎる」


それは心からの想いが滲んだ言葉だった。

無力な人間に対して、『かみさま』は囁く。

「僕はね、どんなに生きる価値がないと感じている人にでも、生きていて欲しいと思う」

それは幼子のように愚直な言葉だった。

願うように、純粋な一言だった。

そうして『かみさま』は続ける。

「意味なんてなくていい。それは必要な子には必要だけれどもね。君には、そんなものはいらない。意味がなくとも、君は生きていける。それだけの強さを持っている。だから」

朔が生きるのに意味はいるのか。

いりはしないと語って、

『かみさま』は、

「僕はただ君が生きていてくれればそれでいい」

まるで、朔が死ぬと信じているかのように、そう続けた。

第四の事件　人魚姫の恋

鈴と小学生は、共に姿を消した。

彼女達は未だに見つかっていない。その決意と終わりには悲しく、やるせないものがあった。だが、藤花は失っていた元気を取り戻した。少なくとも、鈴と小学生は共に生きることを選んだのだ。彼女達は死んではいない。

死んだ方がいいと思っていた人間が、生きていくことを決めたのだ。

その事実は、藤花の心に小さな火を灯したようだった。

自分もできることはしなければならない。

そう言って、彼女はリン●フィットも再開した。

結果、見事な討死を果たした。

「……無理ぽ」

「懐かしいな、その言葉」

全クリへの道はあまりにも遠く、険しいらしい。

ジャージに包まれた両腕を広げ、藤花は床にぶっ倒れながら呻いた。

「ううっ、これもまた、僕が劣化品だから……劣化品だから……」

「頑張れ藤花、負けるな藤花、オーエス、オーエス！」

「気楽に言ってくれるよ！　そのうち、リ●グフィットプレイ動画を配信してやる！」

「お前がやる気になるのなら、それもいいんじゃないか？」

「それで、見事なまでに炎上してやるんだからね！」

「なして？」

かくして、藤花と朔の元には日常が帰還した。

だが、二人が普段通りにすごす間にも、世には致命的な変化が生じつつあった。

事の始まりは、朔と藤花が共に出かけた日のことだ。

空は灰色に染まり、今にも雪が降り出しそうだった。

そうして、二人の元には招かれざる客が現れたのだ。

＊＊＊

「こうして一緒にお出かけするのも、久しぶりだねぇ、朔君」

「まぁな、お前は食料品以外のことでは引き籠ってるもんな」

話しながら、二人はスーパーの自動ドアを後にした。だが、直ぐに次の客が店内に入る。

暖房に温められた空気に、朔は背中を包まれた。店内放送が賑やかさを増した後、再度閉まった扉の向こう側に消えていく。

大通りのざわめきを聞きながら、朔は荷物を持ち直した。

珍しく、朔は藤花と一緒に買い物に出ていた。

日頃、藤花は家に籠っている。彼女は朔の外出にはあまり興味を示そうとはしなかった。だが、今回は『年始の鍋の具材を選ばせてやる』というと、元気についてきたのだ。普段から、もっと食べ物で釣って外出させるべきかと、朔が悩み始めるほどの素直さだった。

繰り返せば、ニートは改善されるかもしれない。ただ、今度は内臓脂肪が心配になるだろう。そう、朔が思案しているとも知らず、藤花は無邪気に言った。

「たくさん買ったねぇ、朔君」

「これで準備は万全だな」

二人が外に出たのは、年越しの用意をするためだ。

本来、藤咲家は年末年始には色々と行事がある。だが、『かみさま』になれなかった藤花と、その従者は参加を免除されていた。正確には参加をしてもいいのだろうが、誘いはかけられていない。そのため、二人は朔のアパートにてささやかな正月祝いを計画していた。

しみじみと、藤花は言う。

「楽しみだねぇ。異能が大好きで、それしか信じていない、藤咲の新年会なんてクソの極みだけど、朔君との新年はとっても楽しみだなー」

「藤花、口が悪いぞ。クソとか言うんじゃない」

「はーい、朔君はいつでも僕の保護者だなぁ」

唇を尖らせながらも、藤花は朔の肘に腕を絡めた。そのまま、彼女はにこにこと笑う。

荷物が傾き、重量が増した気がした。だが、朔は何も言わない。

彼が手に下げた袋を覗き込んでは、藤花は無邪気にはしゃいだ。

「鏡餅も、お雑煮用のお餅も買ったねぇ。なんだか、わくわくしてきたよ」

「余った分は焼き餅にしような」

「ネットでね、餅ピザも美味しいって見たよ！」

「カロリーの暴力だろ」

「それもいいじゃないか！　いっぱい食べようね！」

藤花は嬉しそうだ。端正な顔立ちに、彼女は日向の猫に似た笑みを浮かべている。

その様を眺め、朔も満更でもないと口元を緩めた。

しみじみと、朔は思う。

今年は奮発した。

朔の勤めているコンビニにて、お節料理の予約も入れてある。それとは別に、大晦日用の蕎麦、天ぷらの材料、三ヶ日に行う鍋用の具材や、大量のアイスなども購入してあった。

それもこれもすべて藤花の落ち込んでいた姿を見たせいだ。彼女を喜ばせようと、朔はあれこれ準備した。その甲斐あって、今の藤花は死とは程遠く見える。朔は心から安堵(あんど)した。

楽しみが待っていれば、足取りも軽くなる。

そうして、二人は一緒に歩き続けた。見慣れた道路には、寒い中でも犬の散歩をしている人がいる。軽く頭を下げて、朔達は家路を急いだ。もう直(す)ぐ、アパートに辿(たど)り着く。

そこで白い息を吐き、藤花は頭上を仰いだ。

「そろそろ雪、降るかなぁ」

空は灰色に染まっていた。

今にも雪が降り出しそうだ。一瞬、朔は白の舞い散る庭園を思い出した。もう、百年も昔のことに思える。だが、彼はその光景を忘れたことがない。白の中の黒を、覚えている。

胸の痛みと共に、朔は脳内の桜吹雪を振り払った。

藤花は前へ視線を戻す。朔も道の先を見た。

そこには一人の少女がいた。

朔と藤花は同時に気がつく。

二人の元に、招かれざる客が現れたのだ。

＊＊＊

「こんにちはー」

前方から歩いてくると、彼女は単に挨拶をした。だが、高い声を聞いた途端、朔は言い知れぬ不安に襲われた。相手はスーツケースを引いた女子だ。彼女は白磁の肌と細い体、長い黒髪と黒目を持っていた。オレンジ色のダッフルコートに埋もれるようにして、少女は微笑んでいる。その顔立ちは、常人からはかけ離れたレベルで整っていた。

自然と、朔は悟る。

この人はただの女性ではない。

藤咲家の女だ。

「初めまして、藤咲朔さんと、藤咲藤花さん。私は藤咲徒花と申します。と言っても、藤咲を名乗ってはいるものの、貴方達と同じように本家ではなく、分家の出身者ですが」

そう、徒花という少女は微笑んだ。

そうだろうなと、朔は思う。

藤咲の分家は人数が多い。だが、本家の人間はほんの一握りだ。『かみさま』を囲んで、彼らは閉鎖的な日々を生きている。朔達の前に、こうして姿を見せることなどないだろう。

だが、と、そこで朔は思う。

この分家の少女も、なぜ朔達の前に現れたのか。

彼女は胸元に手を押し当てた。唐突に、徒花は優雅な礼を一つする。

そうして、彼女は血の匂いのする言葉を吐いた。

「今、本家、分家に限らず、元『かみさま』候補の娘達が次々と殺されていまして」

「……なんだって？」

朔は眉根を寄せた。そんな物騒な連絡など、彼は受けていない。

少女は首を縦に振った。ひどく冷静に、彼女は語り続ける。

「驚かれるのも無理はありません。ですが、事実です。私にも本家からは何の連絡もありませんでした。これは従妹の訃報を聞きまして、私が自力で調べてわかったことです」

「教えてくれたことには感謝する。だが、それで一体……」

「そして、元『かみさま』候補の従者の一人だった朔さんに、お願いがありまして」

「断る」

話が嫌な流れになった。

詳細を聞く前に、朔は拒絶の言葉を口にする。徒花は唇を尖らせた。リップの塗られた艶やかな口元が薄く光る。朔の拒絶は無視して、彼女は言葉を紡いだ。

「つれないですね。それでも聞いてもらいます。実は、私の従者候補だった青年には、私が『かみさま』でなくなった時点で、当然のごとく連絡を絶たれてしまいまして。今、私には誰も守ってくれる人がいないんですよ。だから、朔さん」

「駄目だよ、朔君は君のじゃないよ」

「貴方には聞いていません。ねぇ、朔さん」

両の手を固めて、藤花が飛び跳ねた。それを無視して、徒花は顔を傾ける。

朔だけを真剣に見つめて、彼女は告げた。

「──私を、守ってくださいね」

甘く、徒花は囁く。彼女は朔の顔を覗き込んだ。

朔の目は鏡のように、徒花を映した。

それを見て、彼女は実に満足そうに微笑んだ。

＊＊＊

「なんだって、僕の朔君が君を守らなくちゃいけないのさ！　お家に帰りたまえよ！」

「両親の許可は受けています。朔さんは、霊能探偵としてご活躍中の藤花さんの護衛として、秀でた働きを見せている。そんな方なら護衛には打ってつけでしょう？」

「僕の護衛として、だよ！　あくまでも、僕の護衛として、朔君はその必要もないのに親切心から働いてくれているんだよ！　彼は君のじゃないんだよ！　出直してきたまえ！」

「そうは言っても、殺されそうな女子を、朔さんは放り出したりしないでしょう。ねぇ？」

朔のアパートにて、徒花は目を細めた。

げんなりしながら、朔は大豆茶を淹れる。来客用のカップを使うのは久しぶりだ。

適温に調整して差し出すと、ありがとうございますと、徒花は花柄の取っ手を掴んだ。

その隣では、藤花が今にも彼女に噛みつきそうな顔をしている。

放っておくと、頭から齧りかねないだろう。

落ち着けと両手を上げて、朔は口を開いた。

「徒花、さんだっけ？　俺も君がここにいるのには反対だ」

「あら、私を孤独に追い出す、と？」

「君が行くべきなのは警察だと思う」

「藤咲家の『かみさま』の話は他所ではできません。だからと言って根拠もなく、『殺されそうに思う』と訴えたところで、警察は動いてくれませんよ」

「それでも」

「両親は『かみさま』候補でなくなった私には興味がなく、護衛を雇いはしません。自分達の身を呈して、守ってくれることもないでしょう。それならば、信頼できる人物の傍にいた方がいいじゃありませんか？」

　立て板に水とばかりに、徒花はまくし立てた。

　朔は頭痛を堪える。当然の疑問を、彼は喉奥から押し出した。

「俺ならば信頼できる、と思う根拠がわからない」

「根拠はありません。それでも、私は確信しています」

「せめて理由を」

「女の勘です」

深く、朔は溜息を吐いた。

徒花の話はめちゃくちゃだ。だが、確かに、朔には徒花を追い出すことはできなかった。死の危険に晒されているという女子をそれでも構わないと放置することは、彼には厳しい。

それをわかっているのだろう。

徒花は笑みを深めた。艶めかしく、彼女は唇を舐める。

「それにです。ただで、とは言いません。滞在の間、宿泊料と護衛料は私の貯金からお支払いしますが、お望みなら色々とサービスもしますよ？」

「自分の体は大事にしてくれ！」

「もうやだーっ！　頭から齧るーっ！」

「藤花は人間を辞めないでくれ」

そう、朔は藤花を止めた。ぐわーっと、徒花に飛びかかりかけた彼女を、朔は抱き留める。どうどうと言いながら、朔は藤花の体を揺すって宥めた。

徒花は余裕の表情を崩さない。色っぽく、彼女は肩にかかった黒髪を払った。そこで、彼女はハッとした顔をした。コートのポケットに、徒花は手を入れる。

「そうそう、これもお見せしておかないといけませんでした」

そこから彼女は封筒を取り出した。中身を、徒花は炬燵の天板の上に開ける。バサァッと軽い音と共に写真が辺り中に散らばった。それに映っているものを見て、朔は絶句した。

一人の娘が死んでいる。

風呂場にて、彼女は絶命していた。奇妙に揃えられた足が二本、浴槽から突き出されている。恐らく手首を切ったのだろう。水は紅く染まっていた。凄惨で残酷な死体の写真だ。

呆然と、朔は疑問を口にする。

「……これは？」

「本家に、送りつけられたという写真です。ただ、この人は自殺らしいんですが」

「本家に？　自殺？」

徒花の言葉に、朔は眉根を寄せた。

本家に自殺写真が送りつけられたとは、どういうことか。

自身の伝手で調べたという話を、徒花は語る。

「本家に、朔さん同様、『かみさま』候補の従者だった男が、突然この写真を送りつけたというんです。映っているのは、男の元主だった女性。『かみさま』には選ばれなかった候補の一人です。二人は、私や他の多くの主従とは違って、『かみさま』候補から外された後も主従関係を解消しなかったようですね……本家の訴えで、男は警察に捕まりました」

「今も捕らえられているのか？」

「いいえ、候補者の死は自殺とみなされ、直ぐに釈放されたといいます……しかし、その後、男は行方不明となり、今、他の『候補者』の娘達が続々と殺されている」

「実は、男は一連の事件の犯人なのではないか？」

朔は、当然思いつく疑問を口にした。

徒花は短く頷く。彼女に向けて、朔は確認のために尋ねた。

「そう、君は考えているのか？」

「ええ、そうです。男は背が高く、熊のような大男と聞きます。朔さんも注意を」

「これ、『人魚姫の自殺』に似ているねぇ」

「うん？」

突然の藤花の言葉に、朔は首を傾げた。見れば、彼女は写真を一枚手に取っている。穴が開きそうなほど真剣に、藤花は死体写真を見つめていた。徒花が薄気味悪いものを眺める表情をする。藤花は顔を上げた。瞬きを繰り返して、彼女は言う。

「あれ、知らないの？『人魚姫の自殺』。徒花さんは？　本家は知ってた？」

「私も何も……本家も知らないはずですが」

「もしかして名前が似ているけど、前の『天使の自殺』と関係があるのか？」

「その通りだよ。今回の流行は、アレの亜種……派生系だね」

スマホを手に取り、藤花はそう語った。

前回の事件を、彼女は反芻していく。

「僕達は新たな偶像の登場により、普遍的な自殺が蔓延することを防いだ……だが、そのせいで、人々の興味は未だに美しい自殺にスライドしたままの状態で固定化されてしまっている。だが、いくら憧れたところで『天使の自殺』は再現が難しい」

「それはそうだろうな。アレはあくまでも偶然の産物だ」

「だから、代わりに密かに流行っているのがコレさ」

藤花はスマホの画面を朔に向けた。ある掲示板が表示されている。赤い背景に、黒い文字が禍々しい。取り交わされている話題を、朔は必死に追いかけた。

どうやら、サイトは『裏』的な情報を中心に回っているらしい。

現在は、ある自殺に関しての話題でスレッドはもちきりになっていた。

『本当に流行ってるね。私の知り合いの学校でも死んだって』

『画像はよ』

『個人間のやり取りが中心だから、流出してるのは多くないっしょ』

どういうことかと、朔は眉根を寄せる。

その表情を見て、藤花が情報を補足した。

「警察は『天使の自殺』のような流行化を恐れて情報を伏せているらしい。だが、風呂場で手首を切り、足は揃えて浴槽の外に出して自殺をするという行為が、特に学生の間で人気だというよ。揃えて出した足が人魚の尾にも見えるので、だから『人魚姫の自殺』」

「悪趣味だな」

「『天使の自殺』と少々違うところは、この自殺にはメッセージ性が含まれることかな」

「メッセージ性？」

自殺は自殺。死体は死体だ。

メッセージも何もあったものではないのではないか。

そう、朔は疑問を覚える。

だが、藤花は『人魚姫の自殺』と『天使の自殺』の差異を語った。

「ほら、名前のとおりに、この自殺は『人魚姫の見立て自殺』だろう？　だから、このポーズを取って死ぬ人間は、未練や悲しみを抱えた者に限るとされているんだ」

「……なるほど？」

人魚姫は、確かに悲しみと共に泡になった。彼女は叶わなかった恋の象徴だ。

そのため、『人魚姫の自殺』には、同様の意味合いが込められているらしい。

「『人魚姫の自殺』は、実は一人では完結しない。死の間際に、自分の写真を悲しみの原因となっている相手に送りつけるんだ。浮気した恋人や失恋相手なんかにね。相手も『人魚姫の自殺』を知っており、そこに含まれた意味を共有できてさえいれば、もれなく悲しみが伝わる。

これはそういう自殺だよ」

「なんとも嫌な復讐方法だな」

「復讐というよりも、当てつけかな。おかげでメッセンジャーアプリで、失恋相手に画像を送りつけて自死するのが、多感な学生間で流行ってしまっている……というわけさ」

「そんなことは流行しないで欲しい」

「……それとね、一つ物騒な噂が囁かれているんだよ」

不意に、藤花は言葉を切った。流れるように語り続けた藤花に対して、徒花は唖然としている。彼女と写真に交互に視線を注いだ後、藤花はその答えを口にした。

「『人魚姫の自殺』には、自殺に見せかけた殺人が混ぜられている」

「……じゃあ、もしかして、本当に」

「わからないさ。ただ、犯人が『人魚姫の自殺』の写真を本家に送った……そこにはなんらかの意味があるんだろうね」

そう、藤花は囁いた。

怯えるように、徒花は自身の体を抱く。

不吉な予感を覚え、朔は軽く唇を噛んだ。

＊＊＊

徒花がアパートに住み着いて、あっという間に三日が過ぎた。

お構いなくと言い、彼女は慎まやかに寝起きを繰り返している。最近では料理や掃除も行ってくれるようになっていた。居候たるものこのくらいは当然ですと、徒花は微笑んだ。

朔としては、助かる話である。

だが、藤花は大層怒っていた。

「朔君との二人暮らしに戻れるのなら、僕も毎日掃除だってするし、料理だって覚えるよ！　まずは目玉焼きから始めるよ！」

それだけ、彼女は朔と二人の暮らしを邪魔されていることが許せないらしい。

家にいる時の藤花は、毛を逆立てた猫のごとしだった。故に、朔は再び彼女を食べ物で釣って外へ連れ出した。愛犬のストレス緩和も飼い主の義務である。

そんな調子で、朔は藤花と町内を散歩した。

「藤花。そろそろ怒りを収めたらどうだ。ほらー、餡饅だぞ」

「朔君には僕の怒りはわかりっこないんだよ！　朔君は、確かに僕のものである必要なんてない人だよ……本当は……本当、は。それでも、僕は怒らずにはいられないんだよ！」

そうして、二人が一緒に歩いている時だ。

アパートの駐輪場近くに、一台のボックスカーが停まった。

「……うん？」

「……あれ？」

重い音を立てて、扉が開く。中から、二人の進行方向を塞ぐ形で男が出てきた。

ぬっと、巨大な影が伸びる。

大柄な体軀はまるで熊のようだ。黒く長くもつれた髪が、顔を覆い隠している。

彼は朔達の方に向き直った。

ぞっと朔は全身の血が下がるのを覚えた。徒花の語っていた犯人像と男は一致している。また、内臓落下連続殺人事件の犯人に拉致されそうになった時のことを、朔は思い出した。

藤花を守ろうと、彼は前に出る。

瞬間、腹に男の拳がめり込んだ。

「………なっ！」

「朔君！」

何が起きたのか、朔にはわからなかった。

それだけ、男の踏み込みは早かった。

朔は荷物を取り落とす。その場に跪き、彼は吐瀉物を撒き散らした。酸っぱい胃液が鼻に染みる。その間に、男は藤花の腕を摑んだ。彼は彼女を引っ張って連れて行こうとする。

「ま、て」

男の足首を、朔は必死に掴んだ。

血が出るほどに強く、彼は相手の肌に指を食い込ませる。

ふんっと、男は鼻で嗤った。朔を蹴ろうと思ってか、彼は足を振り上げる。だが、そこで不意に、男は動きを止めた。朔を守ろうと、藤花が男の腕を掴んだのだ。

「殺すなら、僕を殺せばいいじゃないか」

藤花は、あの目をしていた。死を覚悟した、冷たい瞳だ。

馬鹿と、朔は叫ぼうとした。早く、逃げろ。だが、上手く声が出せない。

もう一度、男は鼻で嗤った。不意に、彼は口を開くと思わぬ言葉を吐いた。

「アンタは劣化品だ」

「…………っ！」

いきなり、男は藤花にそう告げた。藤花は目を見開く。彼女の顔に衝撃が走った。

淡々と、男は先を続ける。

「なんで、アンタは生きているんだ？　劣化品のするべきことは、もう美しく死ぬことだけじゃないのか？　なあ、アンタからも従者に言ってやってくれよ。私のするべきことは、後は美しく装って自殺をすることだけだと」

瞬間、朔は地面を蹴った。男の腹に、朔は全力でぶつかった。

男の体がよろめく。そこに、朔は追撃を加えた。彼の眼球に向けて、朔は迷いなく指を突き立てる。男は顔を逸らした。同時に、朔は思いっきりその股間を蹴り上げた。

流石に、男は低く呻く。

彼が体を屈めた瞬間、朔は顔を狙って膝を入れた。すんでのところで、男は避ける。距離が開いた。朔は荒く息を吐く。本当は今のうちに、藤花を連れて逃げ出すべきなのだろう。

だが、朔に男を許すつもりはなかった。

彼の脳内は怒りで煮えくり返っている。

(ふざけるな。ふざけるなふざけるなふざけるな。こいつは、藤花のことを否定した)

よりにもよって、藤花の最も深い核に触れた。彼女の冷たく抱いている、死に惹かれている部分を抉った。それは朔からすれば、絶対に許せることではない。

ここに包丁やナイフがあれば、朔は迷いなく男のことを刺しているだろう。

怒り狂う朔を前に、どうやら分が悪いと悟ったらしい。

男は背中を向けると逃げ出した。彼はボックスカーに飛び乗る。

追いかけようとして、朔は藤花に腕を掴まれた。

泣きそうな顔で、彼女は首を横に振る。

だが、窓を開けて、男はトドメのごとく言い放った。

「忘れるな。『かみさま』になれなかった人間のするべきことはもう死ぬことだけなんだ」

そうして、男は走り去った。

呆然と、藤花は座り込んだ。

獣のような呻きを漏らし、朔は強く地面を蹴った。

＊＊＊

藤花はひどいショックを受けた。彼女は男の言葉に何を思ったのかは、語らなかった。無言のまま、炬燵の中に、彼女は再び戻った。もぞもぞと、藤花は温かな中で丸くなる。

無理もないと、朔は思う。

男の暴言には、それだけの破壊力があった。

また、男の言葉を聞き、朔はほぼ確信していた。

『人魚姫の自殺』に見えたあの写真は自殺ではなく、他殺を写したものだろう。

男の主は、その手で殺されたのだ。

炬燵の中に隠れながら、ぽつりと藤花は言った。

「彼はまた来るかもしれないね」

朔もそう思った。嫌な予感は拭えない。

虚ろな声で、藤花は先を続けた。

「彼は『かみさま』になれなかった娘と、何故か主従関係を解消しなかった。でも、ある日、その存在の『無意味さ』に気づいてしまい、殺したのかもしれない。そして、『かみさま』になれなかった人間を殺す快楽に、そのまま目覚めてしまったのかもしれないよ。『かみさま』になれなかった人間は、この世で一番無意味な人間だから」

そんなことはないと、朔は強く思った。

かつて、桜の下でも言われたことだ。

――意味なんてなくていい。

だが、今、藤花は続ける。

「せめて美しく装わせて殺せば、意味がある。彼はそう考えたのかもしれない」

「ええ、そうですね。藤花さんの存在には意味がないでしょう」

途端、涼やかな声が耳を打った。

誰に何を言われたのか、朔にはわからなかった。だが、数秒遅れて気がつく。その言葉は、徒花が囁いたものだ。本日、彼女はオレンジ色のニットに黒のタイトスカート、タイツを合わせている。そうして、当然のごとく、炬燵に座っていた。

にぃっと、徒花は蠱惑的とすら言える笑みを浮かべる。謡うように、彼女は先を続けた。

「藤花さんの存在は無意味。それはわかりきっていたことでしょう？　霊能探偵の活躍の噂は耳にしています。その上で、言いましょう。貴方は私よりも能力が低い。朔さんという偉大な従者がいながら、貴方の能力ではその場に怨みの残る死者しか出せない」

ぎりりっと、朔は拳を握り締めた。折れそうなほどに強く骨は軋む。だが、朔の怒りに気づくことなく、あるいは気づいていてもいいのか、徒花は言葉を止めなかった。

「貴方は生きる価値も意味もない、劣化品です」

「出て行け、今すぐにだ！」

朔は叫んだ。

だが、瞬間、藤花が炬燵の中から飛び出した。彼女は立ち上がると駆け出していく。

朔の言葉を勘違いしたわけではないだろう。それでも、藤花は真っ直ぐに出て行ってしまった。アパートの扉が乱暴に閉められる。朔は声をあげた。

「藤花！」

「いいじゃないですか、放っておけば」

徒花は言う。

彼女の口調には、はっきりと愉悦が滲んでいた。

「劣化品は、いなくなろうが誰も困りませんよ」

それを無視して、朔は外へ飛び出した。

もう直ぐ、雪が降る。

冬の中、彼は藤花の後を追った。

＊＊＊

公園に、藤花はいた。彼女はグラウンドの中央に立っている。

軽く丸められた背中は孤独で、静かだ。

慌てて、朔は彼女に駆け寄ろうとした。だが、不意に藤花は口を開いた。

「それ以上、近づかないでもらえるかな？」

朔は足を止める。彼は白い息を吐いた。

藤花は前を向いたままだ。灰色の空の下、彼女は虚空を見つめている。

やがて藤花は、震える声で問いかけた。

「もう、僕は『かみさま』ではないんだよ。そんな僕を何故守ると言うんだい」

「今更だろ。お前が『かみさま』かそうでないかなんて関係ない。藤花は俺が守る」

「あのね、朔君、改めて言うよ？」

藤花は振り向いた。黒髪が舞う。澄んだ目が朔を映す。

怖いほどに、彼女は真剣な表情をみせた。

冷静に、藤花は語り出す。

「君しか、僕には頼りになる相手はいなかった。その好意に、僕はずっと依存してきたよ。でも、君のそれはかつて『かみさま』だった僕に対する、従者としての染みついた習性からくるものだ……そう、わかっていたさ。わかっていたのに今まで甘えてきて悪かったね」

「藤花、何を言ってるんだ……お前」

「君は僕のことなんて、本当はどうでもいいはずなんだ」

きっぱりと、藤花は言い切った。

朔は自分の奥底で、激情が渦巻くのを覚えた。確かに、藤花の言うことは一理あった。朔が彼女に甘いのは、染みついた従者根性のせいもある。だが、それだけではなかった。

朔は思う。

藤花に、そんなことを言われる筋合いはない。

これは一種の裏切りにも近かった。

茫然(ぼうぜん)とする朔の前で、藤花は語り続けた。

「ずっと思っていたんだよ。僕に生きる価値はあるのか。生きる意味を見つけられない者が生き続ける意味はあるのか。今回のことはやっと結末が追いついただけかもしれない」

どっと重い風が吹いた錯覚を、朔は覚えた。

白の中で、かつて『かみさま』は言った。

『僕はね、どんなに生きる価値がないと感じている人にでも、生きていて欲しいと思う』

それなのに、今、藤花はそんなことを言う。

朔は拳(こぶし)を握り締めた。絞り出すように、彼は問いかける。

「俺はお前を守りたいと思っている……それじゃあ、いけないのか？」

「ありがとう、朔（さく）君」

藤花（とうか）は温かく微笑（ほほえ）んだ。

柔らかく、嬉（うれ）しそうに、彼女は笑う。

だが、藤花は首を横に振った。

「けれども、それは錯覚だよ」

藤花は穏やかに、同時に突き放すように言った。

何もかもを諦（あきら）めている瞳（ひとみ）をして、彼女は告げる。

「僕は本当は死ぬべき人間だ」

朔は考える。

それなら自分はなんなのか。

藤花に死んで欲しくない自分はなんなのか。

彼女を大切に思うこの心はなんなのか。

よりにもよって、藤花がそれを錯覚と断ずるのか。

目の前の彼女は、話など聞かないという顔をしている。

地面を蹴（け）りつけ、朔は思わず叫んだ。

「勝手にしろ！」

後ろを振り向き、朔は道路へ飛び出した。

すでに、日は落ち始めている。

激しく奔ると、冬の冷気が顔を刺した。目的地も定めずに、朔は足を動かした。灰色の道路をめちゃくちゃに駆け、彼は立ち止まる。

肺の中が熱かった。上手く思いが言葉にならない。

そのまま、朔は絶叫した。

「ああああああああああああああああああああああっ！」

バサバサバサと音が響いた。近くのゴミ捨て場にいた大量の鴉が飛び立つ。

ぎょっとした顔をして、中年の女性が慌てて逃げていった。

すみませんと、朔は頭を下げた。そこで、彼は不意に血の気が下がるのを覚えた。

藤花を一人置いてきてしまった。

慌てて、朔は踵を返した。

後にした時間はほんの僅かなはずだ。

何もないことを願いたかった。必死に朔は奔る。わからなくなった道を時折戻りながら、彼は元来た順路を必死に辿った。ガクガクと震える足を動かして、朔は公園に駆け込んだ。

そこに、細い姿がいることを願って、彼は声を出す。

「藤花！」

返事はなかった。

公園には誰もいない。

まだ、わからない。

そう、朔は思う。

藤花はどこかへ行ったのかもしれない。

彼女は部屋へ、帰ったのかもしれない。

とりあえず、朔は己のアパートへ戻った。

＊＊＊

「それは連れ去られましたねぇ。ええ、間違いなくそうでしょう」

カラカラと、徒花は笑った。心から楽しそうに、彼女は声を弾ませる。

朔は強く手を握り締めた。藤花が攫われたのは全て自分のせいだ。だが、徒花に殺意を覚えずにはいられなかった。だが、気づいているのかいないのか、徒花は嬉しそうに言う。

「放っておいてもいいじゃないですか」

「俺に藤花を、放っておけ、と？」

低く、朔は声を絞り出した。

にぃっと、徒花は笑う。挑発的な表情だ。己の唇に、徒花は指を押し当てた。

まるで誘惑するような調子で、彼女は囁く。

「それよりも、今後の話をしましょうよ。私一人では無理です。しかし、朔さんの力を借りれば、私は今度こそ『かみさま』になれるかもしれません。私と組んだ方が得ですよ」

「何を言うんだ。本家の『かみさま』はただ一人だけだ」

朔はそう返した。

本家の全員がかしずき、崇(あが)める少女は、一人しかいない。

誰よりも、彼女は強大な力を持っている。だが、徒花は微笑(ほほえ)んで続けた。

「知らないんですか？　本家の『かみさま』はずっと死んでいました」

それは、朔も知っていた。


――彼女はかみさまなのだよと言われてきた。

――だが、彼女はかみさまにはなれなかった。

――そうして、かみさまは死んだ。


藤花は『かみさま』には選ばれなかった。

その後に、『ある事件』が起こり、当代の『かみさま』は死んだのだ。

だが、再び新たな『かみさま』が選ばれることはなかった。死して尚生き続け、当代の『かみさま』は力を奮っている。以来、本家は高らかに誇ってやまない。

生と死を、乗り越えてこその『かみさま』だ。

そのはずが、謡うように徒花（あだか）は言うのだった。

「ですが、今度こそ確実に『かみさま』は死ぬんですよ」

『かみさま』の死。

それは本家にとって、あまりに恐ろしい事実を意味する。

象徴であり、力の喪失だ。藤咲（ふじさき）家の者としては、詳細を聞いておくべき事柄だろう。

だが、今、朔（さく）にとっては藤花（とうか）の方が重要だった。徒花を無視して、彼はアパートの玄関に向かう。その時、朔のスマホが珍しく音を立てた。朔は画面を見る。藤花からの着信だ。

素早く、朔は電話に出た。そして、直（す）ぐさま、彼は声を絞り出した。

「頼む、藤花を殺さないでくれ」

＊＊＊

『電話の相手は俺だと、よくわかったな』

「連れ去られた直後に、藤花が自由に電話をできるわけがないだろう？」

朔はそう応える。

数秒間、スマホの向こう側で誘拐犯である男は沈黙した。やがて、彼は低い声で応えた。

『アンタの主は、自殺させようと思っている』

「やめろっ！」

『だが、その前にやって欲しいことがある。だが、頼んでも、アンタがいなければ無理だと聞かない。どうやら一人では不安みたいでな。俺の言うところまで来てくれるか？』

「藤花を助けてくれるのなら」

『アンタ次第だ。警察には言うなよ』

住所を言って、通話は切れた。朔は現金を掴むと、改めて外に飛び出した。大通りに出るとタクシーを止め、住所を告げる。時間が過ぎる間、彼の心臓は痛いほどに高鳴り続けた。

目的地に着くと、朔は金を払ってタクシーを降りた。

そこには、古いビルがあった。

以前、屋上から内臓が投げ捨てられた事件の現場近くの物件だ。

この辺りのビルは軒並み廃棄されている。

もしかして、犯人はあの事件に朔達が噛んでいた情報を仕入れたのかもしれなかった。そして、格好の隠れ場所だとこのビルを選んだ可能性がある。
朔は中に入っていく。
そこで、左手に気配を感じた。
朔は視線をあげる。
大柄な姿が目に入った。
空気を重く切って、バットが振り下ろされる。
頭に強い衝撃があった。
何も、
何もわからなくなる。
吸い込まれるようにして、朔は意識を失った。

夢を見た。
夢とわかっていて、見る夢だ。

白の中に、黒がいる。
どうっと重い風が吹く。
桜の海の中、美しい少女は朔を見つめた。

微笑(ほほえ)みを浮かべながら、彼女は言うのだ。

「――かわいそうにね」

あの時、彼女はそんなことは言わなかった。

ならば、これは朔の無意識が少女に語らせていることだろう。

続けて、彼女は微笑みを浮かべたまま囁(ささや)いた。

「それでも起きたまえ、朔君」


ほら、君を待っているよ?

朔は目を覚ました。


灰色の一室に、彼はいた。

辺りの壁はコンクリートが剝(む)き出しになっている。

そこには老若男女、四人が転がされていた。全員が固く縛られている。

異様な光景だ。

朔は現状を把握しようとした。必死に、彼は冷静になろうと努める。だが、そこで目当ての人物を見つけ、朔は思わず動揺した。呻(うめ)きにも似た声を、彼は漏らした。

「……っ、あっ」

ただ一人、藤花だけが男に腕を拘束されながら立っていた。

朔の方を見て、彼女は安堵した声をあげた。

「よかった……朔君、目が覚めたんだね！」

「藤花！」

朔は駆け寄ろうとした。だが、手足を縛られているので、そうもいかない。

無様に、朔はコンクリートの上をのたうった。

その様を眺めながら、男は頷いた。藤花の肩を気安く叩き、彼は声を出す。

「ほら、ご希望どおりに用意したぞ……代わりに、呼んでもらおうか」

「うん、わかったよ」

藤花はそう頷いた。

朔には、彼女が何をしようとしているのかわからなかった。だが、直ぐに気がつく。

藤花は霊を引き寄せようとしていた。

男は何を考えているのかと、朔は混乱する。

男は自分の仕えていた『かみさま』を殺したのだ。

それなのに、怨みを持った霊を呼ぶとは自殺行為だった。

だが、藤花の行動を男は止めない。

藤花は朔の方を見る。

朔の目は鏡のように、彼女を映し返した。

藤花は両手を広げて言う。

「────おいで」

そして、何も起こらなかった。

圧倒的な沈黙が場を支配する。

「………えっ？」

「やはり、な」

男は首を横に振った。

朔の混乱は深まるばかりだった。

＊＊＊

何故、殺された『かみさま』候補の女性は出ないのか。

アレは確かに殺人だったはずなのに。

そう、朔は疑問を覚える。

だが、藤花は首を横に振った。彼女は冷静な声で言う。

「警察は、貴方が本家に自殺写真を送りつけただけで、女性の死には関与していないと判断した……それは間違っていなかったんだね。貴方の主の死は、本当に自殺だったんだ」

「なんだって？」

思わず、朔は驚きの声を出した。

無言のまま、男は短く頷く。

どこか優しさも含んだ口調で、藤花は言葉を続けた。

「貴方は自分の主を殺したりなんてしなかったんだ」

「ああ、そうだ。『かみさま』になれなかったからと、俺の主人は生きる目標をなくした。それでも、七年間、生き続けてきた。だが、先日、自ら命を絶ったんだ」

「貴方は『かみさま』になれなかった人間を殺すことに、快感を覚えてなどいなかった。それなのに、何故、僕にはあんな辛辣な言葉を吐いたんだい？」

「同様に『かみさま』になれなかったというのに生きているアンタが憎らしかったからだ」

「それで、僕を殺すために攫ったのかな？」

「それもある。だが、協力してくれたからもう殺しはしない。俺には確かめる必要があるんだ……そのために、彼女の幽霊が出てくれればと思ったんだが無理だった」

「………一体、何を言っているんだ？」

朔は尋ねる。

男の主は本当に自殺だったのだ。

連続しているという殺人事件にも、男は無関係なのだろう。それならば、幽霊は出なくて当然だ。それなのに、男が何を求めているのか、朔には全くわからなかった。

だが、男は首を横に振って先を続けた。

「俺はただ彼女に生きていて欲しいだけだった。彼女は『かみさま』に選ばれなくても本家のお気に入りで、ほかに生きる道も用意された。俺はそれを祝福した。でも彼女はそれを受け入れなかった。彼女は本家に反発し、失意のままに死を選んだ」

「それで、何故、こんなことを……」

「ある日、彼女は唐突に死んだ。その前日に会っていたのはその四人だ。彼女の自殺は失意からだろうが、行動を決定づけた直接的な原因は、そのうちの誰かにあるに違いない」

男はそう怒りを秘めた瞳(ひとみ)で言った。

縛られていた四人の男女が、困惑の声を出す。どうやら、話を聞いていたらしい。

彼らに家畜を見るような視線を投げて、男は言い放った。

「原因となった誰かを、俺は殺したいんだ」

室内に、短い悲鳴が響いた。

同時に、朔は考えた。

もしも、自分が藤花の死の原因が誰かにあると知っていたらどうするか。

殺すだろう。

男の行動を、朔には止めることなどできなかった。

＊＊＊

「君の主の幽霊は出てこなかった。つまり、彼女は誰にも怨みを持っていない。本人が誰も憎んでいない以上、復讐はするべきではないよ」

藤花はそう言い聞かせた。だが、男は首を横に振る。

四人の男女を睨みつけて、男は低い声を押し出した。

「本当はそうかもしれない。彼女は優しい女だったから、誰も怨みなどしないだろう。だが、俺はそれを認めることはできないんだ。これは俺の決めたことで、俺の問題だ」

激情を込めた瞳で、男は四人の男女を睥睨した。

中年の細面の女性、小太りの男性、化粧の派手な若い女性、痩せた老人の四名を。

「こいつらは全員、彼女の家のものだ」

男は言った。つまり、数多い藤咲の分家の一つだろう。もしも攫われたのが本家の住人であれば、既に騒ぎになっているはずだ。だが、分家ではそれは望めない。

助けなど、訪れはしなかった。

震えながら、彼らは口々に訴える。

「私達が麗華さんの死ぬ原因になったなど、そのようなことがあるものですか」

「お前のせいではないのか？」

不意に、小太りの男性が言った。

彼女は中年の女性を顎で示した。そのまま、彼は濁った声をあげる。

「お前は麗華さんを責めた。本家様からの話を、何故直ぐに受けないのかと。お相手様とて悪くはなかったのに。恩を知らないのかと」

「まぁまぁ、そう言う貴方だって、麗華さんを穀潰しと責めたくせに」

うっすらと、細面の中年女性は微笑んだ。一時の動揺を呑み込み、彼女は自身の危機も受け止めたかのようだった。女性は鋭い言葉を、淡々と小太りの男性に放つ。

「自分だけ人を責めて逃げようとは、おかしな話」

腕を組んで、誘拐犯の男はそれを傍観していた。

蛇のような目をして、細面の女性は静かに続ける。

「確か、雌豚とさえ罵ったと聞いたような……ああ、おかわいそうな麗華さん。そのようなことを言われれば、私でも死にたくなりましょう」

「だが、……麗華さんに一番冷たかったのはお前だろう？」

「私は誰にでも冷たい女ですから」

「それにだ、亜矢子。お前も無関係な顔をしているが、そうじゃないだろう?」

小太りの男は、不意に化粧の派手な若い女性に言った。

女性は素直にうろたえる。彼女に向けて、男は続けた。

「お前は麗華さんに、本当は自分が選ばれるはずだったのにと絡んだはずだ。お前の気持ちもわかる。だが、平手打ちをしたのはよくなかった。アレに、彼女はショックを受けたんだ。そうじゃないのか?」

「た、確かにそうだけど! 私は許してもらったわ! 平手打ちしたことは謝ったもの! そんなことで、麗華さんが自殺するわけないじゃない! 私は無関係よ、無関係なはずよ………そんなに、そんなに苦しんでいたなんて、思わなかったんだもの」

彼女は大粒の涙を落とした。首を左右に振って、若い女性は呻くように泣く。

不意に、彼女は老人の方へ厳しい視線を送った。唾を飛ばしながら、彼女は言う。

「一人だけ無関係って顔をしてるけどね! 一番ひどかったのはお爺ちゃんじゃない!」

「ほうっ?」

動揺することなく、老人は答えた。

それに、若い女性は噛みつくようにして続ける。

「私知ってるんだから! 今からでも本家様のことを聞くがよい、謝罪に行けって一番厳しく言ったのは爺ちゃんだよ! それだけじゃない! そうでなければ、お前の従者の扱いも今後考えなくてはならんって脅迫したじゃない！　麗華さんは従者想いだったもの！　そのせいで追いつめられたんだ！　ああ……麗華さん、麗華さん、ごめんなさい」

「取り乱すな。その程度で、あの娘が死んだりするものか。それに、私は己の言葉を恥じはせぬよ。分家が本家様に従うことは『かみさま』の意向に沿うことでもある。それを間違いだと言うのならば、私を殺せばいい。逃げも隠れも、逆らいもせぬよ」

若い女性の言葉に、老人は堂々と応えた。

ギリリッと、誘拐犯の男は強く歯を噛み締める。

朔も事情を察した。どうやら、男の主の麗華という女性と本家は揉めたのだ。それには恐らく、先程、誘拐犯の男が語ったことも関係している。

『彼女は「かみさま」に選ばれなくても本家のお気に入りで、他に生きる道も用意された。俺はそれを祝福した。でも彼女はそれを受け入れなかった』

結果、分家の者達は彼女を口々に責めたのだ。

そのどれが、麗華にとって致命傷となったのかはわからない。

結果として、彼女は自殺した。

「私のせいじゃない……」

「違う、そんなことがあるわけない……」

「責任があるなんておかしな話だ……」

各自の主張と言い争いは続く。

低い声を、誘拐犯の男は押し出した。

「もういい。全員だ」

誰かが自分だと、非を認めればまた違ったのかもしれない。

だが、今や誘拐犯の男の中には重い怒りだけがあった。彼は重々しく言う。

「全員を殺すとしよう」

若い女性が悲鳴をあげた。次々と声が訴える。

悪いのはこの人、あの人、彼、彼女、誰？

彼らの言葉は、誘拐犯の男の激情を煽るばかりだ。

茶番劇にも似た騒ぎの中、朔は気がつく。

藤花はとても、悲しそうな瞳をしていた。

唇を噛み締めて、彼女は今にも泣きだしそうな顔をしている。

やがて、藤花は口を開いた。

「……少女たるもの、わかっているのに黙っているわけにはいかないね」

「どうしたんだ、アンタには誰が殺人者かわかるのか？」

誘拐犯の男は尋ねた。

藤花は短く頷く。

朔はぞっとした。

もしかしなくても、藤花は致命的な何かを言おうとしている気がする。だが、止める暇はなかった。男は目を見開いた。彼は歓喜した声で藤花に言う。

「そうか、わかるのか！　なら教えてくれ。どいつが麗華さんを殺したんだ」

藤花は手をあげる。

そうして、彼女は指差した。


麗華の従者だった、誘拐犯の男のことを。

＊＊＊

「…………………………俺？」

「ポイントは、『人魚姫の自殺』だよ」

静かに、藤花は語り始めた。

朔は止めろと思った。その言葉は、従者にとってはあまりにも辛い。

だが、容赦なく、彼女は真実を綴っていく。

「貴方は、あの写真を本家へ送りつけた。彼女の自殺は、本家への悲しみの訴えだと信じて、ね。その前に、貴方は死体を発見している。あるいは、麗華さんに写真を送られたのかも知れない。どちらにしろ、麗華さんは恐らく確信していたんだ。自分の死体を見つけるのは貴方だと。つまり、一番最初に、麗華さんから『人魚姫の自殺』のメッセージを向けられたのは誰か――考えてみれば、それは貴方にほかならないんだよ」

藤花は淡々と語った。

ああと、朔は思う。

『人魚姫の自殺』はメッセージ性の高い死亡方法だ。

学生間では、悲しみや未練を伝える方法として、その意味がわかる相手に画像を送信することが流行っている。男は『人魚姫の自殺』の意味を正しく理解できていた。

『人魚姫の自殺』の未練を訴えられる相手の条件を満たしている。

「更に言うのならば、本家は『人魚姫の自殺』の意味を知らなかった。この時点で、麗華さんは自身の死体を本家に見せることは想定していなかったことがわかる。事前に意味を教えておかないと、『人魚姫の自殺』の真意は伝わらないからね。一方で、貴方は前もって、彼女から『人魚姫の自殺』の意味を聞かされていたんだ……そうじゃないのかい?」

男はブルブルと震え出した。どうやら図星なのだろう。

その動揺に構うことなく、藤花は話を続ける。

「また、彼女がなんの悲しみを伝えたかったのかも想像がつく。貴方は先程『彼女は「かみさま」に選ばれなくても本家のお気に入りで、ほかに生きる道も用意された。俺はそれを祝福した。でも彼女はそれを受け入れなかった』と語った。それに四人の言い合いの内容……お相手様も悪くなかった。本当は私が選ばれるはずだった。ここから浮かび上がる本家の勧めた生きる道とは何か。見合いだよ。彼女は本家から良縁の見合いを提示されたんだ」

朔は頷く。それは四人の言い合いの内容から、推測できたことだった。

だが、彼女は断わった。結果、四人は口々に麗華を責めた。

しかし、その中でも、一番、彼女を追い詰めたものはなんだったのか。

何故、麗華は自ら命を絶ったのか。

しかも、『人魚姫の自殺』という方法で。

学生達の間で、『人魚姫の自殺』は失恋相手に画像を送ることで、自身の失意を伝える自殺方法として利用されている。

「貴方は祝福してしまった。それが彼女を追い詰めたんだ。麗華さんは止めて欲しかったんだよ。自分は主以上としては見られていない……そう絶望して、彼女は死んだんだ。貴方に、失恋をした自分の悲しみを伝えるために、『人魚姫の自殺』という方法を選んでね」

ブルブルと男は震え出した。憑かれたように、彼は首を左右に振る。

必死になって、男は訴えはじめた。

「そんなはずがない！　相手は優しくていい男だった！　彼女が幸せになれそうな縁だった！

だから、俺はいいなと言っただけだ！　それなのに、それなのに、なんで……」

「僕ならば死ぬ。それが答えだよ」

藤花の答えに、朔は目を丸くした。

だが、藤花は自身の言葉を撤回しない。彼女は堂々と立ち続ける。

朔と藤花、四つの視線が男に向けられた。

虚ろに、彼は空中を睨む。

「…………俺が、…………俺、が…………俺、が？」

茫然と呟き、男はその場に崩れ落ちた。

「俺、が？」

声をあげて、彼は泣き始める。

まるで己の心臓を吐き出そうとするかのように。

＊＊＊

朔と藤花分家の四人は解放された。男はこのまま逃げるという。だが、朔は知っていた。

男は自分を殺すだろう。

自身が、大事な人の死ぬ理由になった。

それなのに、生きている意味などないはずだった。

そうと知りながら、朔は止める気にはならなかった。

彼が男でも、同じ選択をする。

大事な人を殺してしまったのに、生きてはいけない。だから、だった。

男を置いて、朔は藤花と連れ立って家に帰った。

「ただいま」

「ただいま」

どちらからともなく言い合い、二人はアパートの扉を開く。

すると、そこには思わぬ光景が広がっていた。

一面の紅（くれない）だ。

見慣れた光景のどこもかしこもが紅い。重油のような粘つく血だまりが床には広がっていた。

その様は、大輪の花が開いたかのようでもある。そして、紅の中心に少女が倒れていた。

首を掻（か）き切られ、藤咲徒花（ふじさきあだか）が死んでいた。

もう一つの唇のように、喉（のど）は三日月形に裂かれている。

その傷は、まるで己の死を嗤（わら）っているようにも見えた。

朔と藤花は言葉を失った。その時、施錠を忘れていた玄関が音もなく開かれた。

「朔と藤花様ですね？」

仕立てのいい黒のダブルスーツを着た男が、二人に声をかける。
朔は彼に見覚えがあった。頷くと、どこか爬虫類じみた男は囁いた。

「『かみさま』が二人をお待ちです」

何故、『かみさま』候補の娘達は殺されるのか。
何故、徒花は殺されたのか。
一体、何が起きているのか。

それを確かめるためにも、朔と藤花は歩き始めた。

間話

百年、待ち続けたとしても、いつかは終わりがあるように。

やがて、この永遠に続くような時間にもお仕舞いが訪れる。

ぱちり、と、少女は傘を閉じた。

不意に、白の乱舞はぴたりと収まる。

まるで、今までの光景が夢幻だったかのように。

静まり返った空間には、いくつもの花弁の死骸が落ちていた。白の敷き詰められた大地の上に立ち、少女は緩やかに首を傾げる。そして、すべては他人事であるかのように囁いた。

「そろそろ、面談の時間は終了だね」

「ええ、そうですね」

「結局、君は僕の傍にはいてくれないのだろう?」

「ええ、そうです——藤花が待っていますから」

朔は、そう応えた。

目の前の少女は——先日選ばれたばかりの、本家の『かみさま』は微笑む。

「そうか。寂しいことだね。だが、仕方がないよ。君が彼女を大切に思うのならば、その選択も当然のことなのだろう。ただ、悲しいな。僕は、心から君に傍にいて欲しかった」

謳うように、本物の『かみさま』は言った。ただ一人、彼女は孤独でいることを憂いた。

それでも、その傍に寄り添うことを、朔は選べなかった。

今はまだ、朔は十歳の藤花の従者だ。だが、藤花が『かみさま』に選ばれなかった以上、すぐにでも主従関係の解消が命じられることだろう。それでも、朔はその後も藤花に寄り添って生きるつもりでいた。なにより、『かみさま』に縛られながら生きることは、朔にはどうしても耐えられそうになかった。それは、『かみさま』のせいではない。彼女が本家の籠の鳥である限り、先には固い束縛が待っている。それは逃れようのないことなのだ。

ただの人の身で、その運命は辛かった。

だから、
朔は『かみさま』と一緒にはいられない。

とても悲しそうに、『かみさま』は続ける。

「人は簡単に死にすぎる。君が僕の従者になれば、その恐れからも守ってあげられたのに」

「俺に死ぬつもりはありませんから」

「ああ、そうだろうね。朔君……それに、もしかして」

『かみさま』は空を仰いだ。

黒い髪が、美しく宙に流れる。

再び、どうっと重い風が吹いた。
目覚めたかのように、花弁が一斉に舞い上がる。
白、
白、
白、
白で埋めつくされ、朔は息もできない心地になった。
天に、地に、桜は舞う。
奇跡のごとく、壮絶に美しい光景の中、
その中で、『かみさま』は、
まるで予言を落とすかのように囁いた。

「君よりも先に、僕の方が死ぬかもしれないね」

何故、彼女がそう言ったのかはわからない。
だが、確かにその時、『かみさま』は、
紅い唇を女の柔らかさで歪めて、
まるで子供のように笑ったのだ。

――そうして、かみさまは死んだ。

第五の事件　さよならかみさま

――藤花はかみさまなのだよと言われてきた。

――だが、藤花はかみさまにはなれなかった。

――そうして、かみさまは死んだ。

――他でもない、本家の『かみさま』が。


『かみさま』が死んだ時の話をしよう。

藤咲藤花の前に、朔は従者として出された。だが、彼女は『かみさま』には選ばれなかった。その後、朔は本家の『かみさま』と面談し、従者になるよう求められた。だが、朔は藤花がいるからと断わった。永遠に続くような庭に、朔は『かみさま』を残して去った。

『かみさま』の死亡は、更に後の出来事だ。

本家の『かみさま』は祭壇に祀られ、多くの臣下を従えてきた。だが、何を思ったのか、ある日、彼女は護衛達の目を欺いて一人旅に出ようとした。そして『ある事件』が起きた。

『かみさま』は線路にて、誰かの手で突き落とされたのだ。

彼女は四肢を切断する大怪我を負った。多量の出血があり、治療は間に合わなかった。

――かくして、『かみさま』は死んだ。

だが、死して尚、異能を使える者こそ本物である。

『かみさま』の肉体は確かに死んでいる。だが、彼女は一度死の淵を覗いた後に、自身の魂を傷ついた器の中へと戻したのだ。それは、彼女が望んで行ったことではないらしい。

自然と、その異能が発動した結果だ。

魂を保全した肉体は腐ることがない。彼女は死にながらに、変わることなく存在している。

いや、大きく変化した点はあった。死ぬことで、その異能は逆に強さを増したのだ。

起きることのないまま、彼女は信者達に数多の奇跡を見せた。強い怨みを持つ霊だけでなく、この世との繋がりが薄くなった死者の姿やあらゆる幻影を。また持ち込まれた依頼の解決も行った。そうして『かみさま』は藤咲家の象徴として死にながら在り続けている。

それこそが今、藤咲家の掲げる奇跡だった。

『かみさま』は死んだ。だが、死を乗り越えた。

そんな彼女の下へと、朔と藤花は案内された。

藤咲の本家は山奥にある。辺り一帯を私有地とした場はただの人間には迷い込むことすら許されないところだ。深い山林の中に立つ和風建築の中、祭壇前に、二人は立っている。

目の前には、短い木の階段が伸びていた。その先は、豪奢な御簾に包まれている。

中身は、見えない。

「ささ、お二人とも」

黒のダブルスーツを着た従者に、二人は促された。

覚悟を決めて藤花と朔は階段を上る。辺りには誰もいない。そう見える。だが、するすると人の手で御簾が開かれた。祭壇の中央にはふっくらとした紅い座布団が置かれている。

その上に、『かみさま』はいた。

豪奢な着物に包まれた少女には、手足がない。

彼女はまるで、おくるみに包まれた赤子のように横たえられている。その顔は、人のものではないかのように美しかった。存在自体が、どこか浮世離れしている。

朔は藤花と共に、彼女に近づいた。少しずつ、二人は足を進めていく。

瞬間、どうっと、
風が吹いた。
・・・・
はらりと、傍を白が舞う。はらり、はらりと、無数の花弁が目の前を埋め尽くしはじめた。

比例して、紙細工を千切るように祭壇の光景は失われていった。

朔の視界は広大な庭園に切り替わる。

桜並木は白く盛大に花をつけていた。同時に、その盛りは少しばかりすぎてもいる。ゆえに花は一枚一枚、花弁を手離していった。柔らかな白が舞い、辺りは桜の海と化していく。

どうっと重く、再び風が吹いた。

腹に響くような、鼓膜を押すような、そんな風に空気は流れる。

朔の視界は一面の白に染まった。

無数の花弁が宙を舞った。それらは地面に無惨に叩（たた）きつけられた。あるいは水面に軽やかに舞い落ちる。または空中へと再度投げ出され、くるりくるりといつまでも踊り続けた。

一連の様を見ながら、朔は息もできないような心地に陥った。

それだけ、花達は濃密に空間を埋めている。

まるで、人ひとりが立つ場所も許さないかのごとく。

だが、その中に、一点。

異質なものが、あった。

黒。

黒い少女だ。

花吹雪の中、少女が立っている。

その立ち姿は辺り一面に振り撒かれた、桜の白に背くかのようだった。

頑なほどに、彼女は黒一色だけを身に纏っている。クラシカルなワンピースは、貴婦人のドレスを連想させた。ストッキングに絹手袋も、そのすべてが夜のごとく黒い。

そして、彼女の顔は花に負けじと美しかった。まるで人ではないかのようだ。それだけ彼女の容姿は整っている。人でないのならば何かと問われれば、答えは一つしかなかった。

少女。

彼女は少女性の化身である。

黒でありながら、華麗な、可憐な、鮮烈な印象を残す——少女たるもの。

それが、ただの人とは異なる——彼女という存在だった。

また、どうっと風が吹く。

少女は黒髪を押さえた。

花弁を全身に受けながらも、少女の衣服が白く染まることはない。何故か、彼女の体には、花弁など一枚も張りつかなかった。それは一種の奇術のようで、奇跡のようでもある。

触れてはいけない。

触れてはいけないいよと。

そう囁くように、花弁は少女を避けていく。

その不思議を、朔は当然のこととして受け止めた。

ここは少女の世界だ。

それが、自然なのだ。

不意に、少女は笑った。

笑った、のだろう。

紅い唇は、確かに女のしなやかさをもって歪んだ。

そう、朔には見えた。

何もかもが幻想的すぎて曖昧だ。

現実味など、当の昔に失われている。

そんな光景の中で、少女は高みから聞こえるような声で囁いた。

「では、話を始めよう」

「何を」

何を話すことがあるのかと。

そう、朔は尋ねた。

上手く言葉にできぬままに。

彼がすべてを言い切れなくとも、少女は頷いた。まるで、全てを承知しているというかのように。再び、彼女は口を開く。

「なに、簡単なことだとも」

風が吹く。

わずらわしそうに、少女は目を細めた。

桜の乱舞の中、彼女は口を開く。

凜とした声が、壁のような白を割る。

そうして、朔の耳へと届いた。


「────たとえば、僕が君に頼みたいことについて」

＊＊＊

「藤花はどこですか？　俺達は一緒に来たはずなんですが」

「……彼女は、僕と会いたくはないだろう。だから、この幻影の庭にはお招きしなかったんだ。以前と同じように、僕は君と話がしたい」

『かみさま』はそう語った。彼女の恰好も喋り方も、藤花とよく似ている。

それも当然だった。藤花の方が模倣なのだ。

あらゆる面で、彼女はかつての『かみさま』を真似ている。その模倣は、幼い頃より始まったものだ。『かみさま』候補第一とされる少女に近づくよう、家族が藤花に真似を強いたのだ。

結果、藤花は今でも『かみさま』とよく似た存在になっている。

故に、彼女は『劣化品』を自称するのだろう。

確固たる自我を確立できていない、己を蔑んで。

だが、そんな痛切な思いを、『かみさま』は歯牙（しが）にもかけない。

白い花の中、『かみさま』はただ顔を傾ける。

ざぁっと、重く風が吹いた。

花弁の嵐の中、朔は尋ねる。

「――それで、頼みたいこと、とは？　それは本家や分家の娘達が、次々と殺されている事実よりも、大切なことなのですか？」

「……なんだ。今、起きていることを知っているんだね」

「徒花（あだか）という女性に聞きました」

「その事件達も、重要だ。だが、そちらは僕の領分。君には別のことを頼みたいんだ。そのために、僕は君をここへ呼んだんだからね」

朔は目を細めた。それこそ、『かみさま』が望めば、百人と千人と人員が動くだろう。だが、『かみさま』はわざわざ朔に頼みたいのだという。それは異質なことだった。

白の中、
黒は笑う。

すべてが昔と同じだ。

何もかもが、現実味がない。

この少女は幻想的に美しい。

すべてを困惑させるかのように、『かみさま』は言葉を続ける。

「僕は以前『殺された』。だが、四肢を失い、昏睡状態に陥ったことにより、異能の強さは逆に増してしまった。本家はその現象を歓迎した。キリストの復活の儀式のごとく、私の殺されたことを喜んだ。ゆえに、犯人は捜されもしなかった」

朔もそのことは知っている。

『かみさま』を殺した誰かは不問に処せられた。

それは『かみさま』にとっては必要な行為であったと、本家の人間に歓迎されたのだ。

異常な決定だった。だが、本家の人間は誰もそれを歪とは考えなかった。

結果、犯人は未だに見つかっていない。

その事実を踏まえたうえで、『かみさま』は朔に頼みごとをした。


「僕を殺した者を捜して欲しいんだ。他でもない君にね」

ざぁっと、再び風が吹く。

白は波となり、渦を巻いた。その中心で黒髪を靡かせて、少女は微笑む。感情の読み取れない表情だ。朔と彼女は見つめ合った。やがて、重い沈黙を割り、朔は重々しく尋ねた。

「何故、俺なんですか？」

「さあね」

「何故、はぐらかすのです？」

「何事にも、理由があるものだよ。だが、それを語れないことも時には多い。そして、僕の頼みごとについては……急いでくれなければ困るよ」

『かみさま』は己の唇に指を押し当てた。内緒だよと言うように、彼女は紅い唇を開く。

そうして、『かみさま』はいつかのように予言を落とした。

「何せ、僕は二日後の午後五時に今度こそ本当に死ぬからね」

＊＊＊

紙細工を千切るように、目の前の光景は消えていく。一枚、一枚、桜の花弁が消滅した。

細かな穴が、空中に幾つも開く。その向こう側に、祭壇の景色が見えた。徐々に、それは鮮やかさを増し、大きくなっていく。気がつけば、朔は元いた場所に戻されていた。

正確には違うのだろう。朔はどこにも移動していないのだ。今までは『かみさま』に幻影を見せられていただけだった。朔は目の前に視線を落とす。

そこでは何も変わることなく、『かみさま』が眠り続けていた。その姿には、なんの異常もないように見えた。

だが、

——僕は二日後の午後五時に死ぬ。

不吉な予言を、朔は思い返す。『かみさま』の真意はわからない。だが、彼女の言葉は外れないだろう。そう、短く頷き、彼は眠り続ける人に小さく約束をした。

「……わかりました。それまでに、貴方を殺した人間を見つけてみせます」

朔は『かみさま』に求められたが、従者になることを断わった。彼には藤花がいたからだ。

しかし、『かみさま』とは古い仲ではある。彼女の求めを断わる理由など何もなかった。

だが、果たして、朔に犯人が見つけられるかはわからない。

彼の隣で、藤花は不安そうな顔をした。困ったように、彼女は尋ねる。

「朔君、『かみさま』はなんだって？」

「ああ、長くて重要な話だ。後で聞かせるよ」

そう、朔は頷いた。藤花と連れ立って、朔は階段を降りる。だが、途中で、黒のダブルスーツを着た男が近づいてきた。警戒に、朔は目を細める。

　男は『かみさま』の従者だ。

　爬虫類めいた目を瞬かせ、従者は朔に囁きかける。

「『かみさま』から頼まれごとを？」

「ええ、見つけられるかはわかりませんが、全力は尽くすつもりです」

「『かみさま』のお考えになったことです。偉大なお方の決められたことに、私は逆らうつもりはございません。ですが、一つ、私は疑っている点があるのですよ」

　逆らうつもりはない。そう言いながらも従者は謡うように続けた。彼は朔のことをじろりと見上げる。粘つく視線が、朔の全身に絡みついた。流れるような口調で、従者は語る。

「本来、貴方は『かみさま』の従者となられる予定でした」

「…………俺は断わりましたが」

「貴方一人の意向など、本家に一顧だにされるはずがないでしょう？　本来、貴方は藤花殿の主従関係を解消され、強制的に『かみさま』の従者とされる予定でした。ですが、『かみさま』は殺されてしまわれた。今の『かみさま』の状態ならば、代理の交渉などに長けた者──私のような者の方が従者にふさわしいとされた。そのため、貴方は従者のお役目から解放された……この結末を予測できていたかはわかりません。ですが、『かみさま』が普通の人間のように死んでいた場合も、貴方が自由の身となる結末は変わらない」

「つまり、俺には『かみさま』の従者になるのが嫌で、『かみさま』を殺す動機があった。そう仰りたいわけですか？」

にこりと、従者の男は微笑(ほほえ)んだ。人形めいた、完璧な笑みだった。

いっそ晴れ晴れしい表情と共に、彼は囁(ささや)く。

「まさか。気のせいですよ。『かみさま』と親しいお方を、私が悪く言うはずがないでしょう？　どうかお気に召されますな」

深々と、彼は礼をした。そのまま、従者は動きを止める。もう、ここにいても仕方がない。

藤花(とうか)を伴い、朔(さく)は再び歩き始めた。動力の切れた人形のごとく、従者は全く動かない。

だが、冷たい声が追いかけてきた。

「『かみさま』が殺される前に、幻覚の庭で会っていたのも貴方でしたね？」

そう、狂い咲く桜の庭。

そこで、朔と『かみさま』は話をしたのだ。


生と死や。

生きる意味について。

たくさんのことを。

そして、『かみさま』は朔と共にいたいと言った。

「貴方にならば、『かみさま』を二人旅に誘うことができたのでは？」

だが、朔は従者の疑念の滲(にじ)む声に応えはしなかった。

『かみさま』の飾られた祭壇を、無言で彼は後にした。

＊＊＊

朔と藤花は、本来は取るに足らない存在だ。

だが、彼らは本家にも無視はできない対象と化したらしい。どうやら二人は、『かみさま』の客として扱われることが決まったようだった。

庭の見える客間に、二人は案内された。畳の敷かれた広い和室にて、藤花と朔はぽつんと座った。『劣化品』を自称する身では落ち着かないのか、藤花はそわそわした。

やがて、豪勢な夕食が運ばれてきた。鍋に海鮮、牛肉に山の幸も並ぶ。

普段ならば、歓声をあげていることだろう。だが、藤花は食欲が湧かないようだ。彼女は箸をつけようとすらしない。その様を心配して、朔は声をかけた。

「お前が食べないのは珍しいな、藤花」

「だって……だってだよ……『かみさま』の頼みごとを聞いたら、お腹が痛くなっちゃって」

「解決を頼まれたのは俺なんだから、お前が悩む必要ないだろう。ほら、刺身好きだろ？」

「いいよ。朔君が食べなよ」

「食べておいたほうがいいぞ。これから、何が起きるかはわからない。そんな予感がする」

そう、朔（さく）は不吉な予測を吐いた。

藤花（とうか）はもう嫌だと泣きごとを漏らした。

漆塗りの箸（はし）を握り締めながら、彼女は涙声で言う。

「……もう何もかも捨てたい」

皿を避けて、藤花は机の上に突っ伏した。美しい黒髪が広がる。

震える声で、彼女は祈るように呟（つぶや）いた。

「二人で、朔君のアパートに帰りたい」

「そう、だな」

朔は頷（うなず）く。彼も帰りたかった。

藤花との家へ。朔が怒り、彼女が笑う、あの怠惰な日常へ。だが、今はまだ帰れない。

せめて、朔は藤花に微笑（ほほえ）みかけた。

艶（つや）やかな黒髪を、彼はくしゃくしゃと撫（な）でてやった。

＊＊＊

やがて、日は落ちた。

当たりには薄墨めいた暗闇（くらやみ）が満ちる。部屋には二人分の布団が敷かれていた。他にやることもない。朔と藤花は並んで横になる。眠れるかどうかは疑問だった。実際、藤花も寝つけないらしい。彼女ももぞもぞと蠢いた。欄間の見事な彫りを眺めながら朔は口を開く。

「どうした、眠れないのか？」

「あのね……朔君。言っておかなくてはならないことがあるんだ」

「うん……改まってなんだ？」

朔は優しく尋ねる。返ってきた声は異様に強張っていた。

まるで告白をするかのように、藤花は囁く。

『かみさま』の頼みごとを知った今、僕は君に言わなくてはならない」

朔はハッとした。それは、今の今まで、藤花が呑み込み続けてきたことではないのか。

彼女の硬く冷たい芯に、朔は遂に触れようとしていた。息を呑んで、彼は続きを待つ。

「……僕、はね」

その時、プシューッと妙な音がした。

煙が視界の中を、緩やかに漂っていく。

急速に、朔の意識は現実から引き離された。


夢を見た。

また、夢とわかっていて見る夢だ。


白の中に、黒がいる。

どうっと重い風が吹く。

桜の海の中、美しい少女は朔を見つめた。

微笑みを浮かべながら、彼女は言うのだ。


「――秘密は、秘密だよ」


よく見れば、少女は『かみさま』ではなく、藤花だった。

続けて、彼女は微笑みを浮かべたまま囁く。

「それでも、僕には君に語りたいことがあるんだ。だから、起きたまえ、朔君」


ほら、大切な僕がいないよ?


朔は目を覚ました。瞬間、ぐわんと視界が大きく揺れた。だが、布団を殴りつけて、彼は無理やり身を起こした。嚙み締めた歯の間からは、鉄錆の味がする。それに構うことなく、朔は視線を素早く部屋中にさまよわせた。隣の布団は乱れている。

上には誰の姿もない。

「……藤花？」

朔は呟いた。その声は虚しく、薄闇の中へ吸い込まれて消えていく。

朔は全身に悪寒が奔るのを覚えた。大声で、彼は彼女の名前を呼ぶ。

「藤花ぁ！」

返事はない。

本家の屋敷の中で、藤花は姿を消していた。

＊＊＊

本家と分家の『かみさま』候補だった娘達が殺されている。

その動機と犯人について、実は、朔には心当たりがあった。

だと言うのに、油断をしすぎた。

本家の中では奴らは動かないと、そう思っていたのだ。

（だが、甘かった。俺は大馬鹿者だ）

朔は廊下へ飛び出す。迷路じみた邸内を、彼は目的地もわからないと言うのに走った。裸足の足が、古い板張りの床に貼りつく。その感触が不快だった。まるで蛸にまとわりつかれているかのような気がする。暗闇の中で足を取られそうだ。

不気味なほど、屋敷の中に人の姿はなかった。『敵』を求めて、朔は走り続ける。

その時、視界の片隅に黒い影が閃いた。ハッと、朔は現れた姿に目を向ける。同時に、彼は舌打ちした。今時と、朔は思う。

相手は、まるで芝居のごとく、黒子の姿をした人間だった。

彼らは、望みを叶えようと言うかのように朔に襲い掛かってくる。そのまま、朔は引き倒された。肺から息が洩れる。上に乗った者達は動かない。

腕を取られる。足を掴まれる。何もかもが、暗闇に沈む。


「────藤花っ！」


声の限りに、朔は叫んだ。

虚ろな屋敷の中から、返事はなかった。

そのまま引きずられるようにして、朔は移動をさせられた。

黒子達はある一室の掛け軸をめくった。裏には、地下へ降りる階段が続いている。これもまた、冗談のように古い仕組みだった。そうして、朔は木製の湿った階段を歩かされた。

やがて炎の輝きが目を焼いた。地面の上に幾つもの蠟燭が並べられている。ちらちらと、火は揺れ動いていた。地下ではあるが空気の動きはあるらしい。換気はされているようだ。

蠟燭の中心には、顔を隠した老爺がいた。

あまりにも仰々しい。半ば呆れながら、朔は彼に声をかけた。

「本家の当主様が、一体なんのおつもりですか？」

「主を失う怖さは、存分に骨身に染みたであろう？」

「……藤花を殺していたら、絶対に貴様らを殺してやる」

「安心せよ。彼女は生きている」

老爺は低い声で言った。パンパンと、彼は手を叩く。

黒子達が、藤花を連れ出した。両腕を持たれ、彼女はぐったりしている。だが、命に別状はないようだ。数回揺さぶられ、藤花は薄く目を開く。朔はほっとした。

その前で、本家の家主は口を開いた。

「自分達がここに連れてこられた理由はわかっておるな」

「……ああ」

「……わかっているよ。少し考えれば、明らかなことだった」

朔が言葉を続ける前に、藤花は細い声で囁いた。

恐らく同じ答えを、朔も予想している。だが、彼は自分の口で言うことは控えた。少女たるもの——藤花の結論を、朔はいつものように待つ。そして、藤花は応えた。

「本物の『かみさま』が死んで尚異能が使えたこと。むしろ力が高まったことで、本家の意識には改革が起きていた。『死して尚、力を使える者こそ本物だ』。そして今『かみさま』は二度目の死を予言している。そのために、本家は新たな『かみさま』を求めた」

つまり本家は『かみさま』が今度こそ死んでしまうことを恐れ、新たな『かみさま』を作り出そうとしていたのだ。そのままでは使い物にならない『かみさま』候補を殺すことで、異能の力を高め、復活の末に新たな『かみさま』にならないか、様子を見ようとした。

「一連の殺人の犯人は君達――本家の上役達だ」

藤花はそう告げた。

蠟燭の光がゆらりと揺れる。

本家当主は、皺に埋もれた目を光らせた。

＊＊＊

考えてみれば、それは当然の結論だった。『かみさま』に関する情報は門外不出だ。候補の一覧を所有しているのは、彼らしかいない。上役達にしか、候補の娘を見極めて、殺すことはできなかった。藤花の追及を、当主は重々しい声で肯定した。

「そのとおり。我々は今まで、多くの女子を殺してきた。死を乗り越えて、強い異能の発言する者が現れることを願って、な。だが、新たな『かみさま』は生まれなかった」

「それは、そうでしょうとも。殺されることで、藤咲の一族の娘は異能の強さが増す。だが、殺されて尚、命を保ち、異能を発動し続けるほどの力を誇る者など、多くは出ない。当代の『かみさま』に追いつく娘など現れはしません。貴方達の行動は単なる狂気だ」

「……このまま、新たな『かみさま』が生まれず、二日後の五時に『かみさま』が本当に亡くなられた場合、我々は生かして取ってある一番能力の強い女子と藤咲朔を組ませ、一時的に、仮の『かみさま』へと据える予定でいる」

唐突な宣告が響いた。瞬間、藤花は息を呑んだ。

それは朔が永遠に拘束されることの宣言にほかならない。

朔は目を細めた。なるべく平静を装って、彼は言う。

「何故ですか。俺はただの藤花の従者です。俺に一体、何を期待しているんですか？」

「お前の目は、異能の目だ」

当主が告げる。『死亡した』ため、常に目を閉じている今の『かみさま』相手には意味をなさない力だ。それもあって、朔は『かみさま』の従者になることを免除された。だが、異能の目を持っている事実自体は忘れられていなかったのかと、朔は舌打ちする。

徒花が、朔のことを求めたのもこれが理由だろう。

能力を発動させる際、藤花は必ず朔の目を覗き込んできた。朔の目は鏡のように彼女を映した。朔の目は相手の異能を増幅させる力を持っている。

藤花の女ではなく、男だというのに、稀なる資質だった。

本家の『かみさま』は万能だ。彼女は人の願望や夢までも形にしてみせる。だが藤花の能力は別だ。彼女は怨みを持つ魂のみを、この世に呼び戻すことができる。

それは死者や魂魄を『視て』実態化させているわけではない。

人の尊厳を、踏み躙られた思いを、藤花は目に映す。それを縁に、死を認められない者を『自分がこの世に残る意味を失っていない者』を、彼女はこの世界へと引きずり戻した。

朔の異能は、その力を増幅させた。実は藤花は一人では死者を引き戻すことさえできない。彼女が『かみさま』候補から外されたのはこれが理由だった。本当は彼女はただの娘にすぎない。だが、藤花は自分の能力を活かす術を求めた。生きる意味をそこに見出した。

だからこそ、朔は唯一、その能力に寄り添い、助け続けて来た。それが自分の役割だと、彼は信じてきた。そのために、今の今まで、藤花を支えてきた。

そして、これから先も、それを変えるつもりはない。

「他に目を活かすことは断る。俺はただ一人藤花の従者だ」

「そう言うだろうと思って、こうして人質を準備している」

老爺は言った。朔は舌打ちをする。藤花の命は、彼らの手の中に握られていた。朔達は袋の中の鼠だ。朔は首を横に振る。そして、彼は自分の指を己の目に突き立てた。

「朔君っ！」

藤花が叫ぶ。だが、朔はぎりぎりで手を止めていた。そのまま、朔は当主を睨む。

このまま何も変わらなければ、彼は己の目を潰す気でいた。

当主は深い溜息を吐く。首を横に振り、彼は精一杯の譲歩を告げた。

「――――条件があるのならば言え」

「藤花には決して手を出さないこと。俺への人質として、生かし続けてください」

「いいだろう、で」

「待って欲しい。僕から一つ。聞いておかなければならないことがある」

不意に、藤花が話に割って入った。朔は驚く。だが、藤花は退かない。老爺は面から覗く顎髭を撫でた。重々しく、彼は頷く。しゃがれた声が狭い空間に響いた。

「何を聞きたいのだ？」

「本家は『かみさま』の予言した死亡時刻の前に、彼女も殺すつもりでは？」

朔は目を見開く。藤花は老爺を睨みつけている。

それは、藤花が本家の妄執と執着を基に予言した、異常な行動だった。

守るべきものを、殺す。

その言葉に、家主は面の下の顔を動かした。

彼は、笑ったようだった。

＊＊＊

「以前、『かみさま』は殺されても死にませんでした。魂はこの世に留まり、その能力はより強さを増した。彼女の死の予言を覆すために、本家は自らの手で『かみさま』の体に再びの破壊を加え、魂を一度流出させて、今回も能力がより強くなり、戻ってくるか否かを見るつもりなのでは?」

「そうとも。我々はそのつもりでいる。再びの奇跡を期待している」

「ですが、『かみさま』も二回目は生き残れはしないでしょう。今度こそ、彼女はただ死ぬだけだ。それよりも、彼女をなんとかして保つ方向性に舵を切るべきです」

藤花は必死にそう訴えた。

予言の時刻の来る前に、自らの手で『かみさま』を殺す。それもまた、新たな狂気だった。本家のやろうとしていることは金の卵を産む雌鶏の腹を裂こうとしているのと同じだ。

二度目の死に耐えきれず、『かみさま』は死ぬだろう。

今度こそ、その魂は肉体を離れる。

本家の手によって、殺されるのだ。

「しかしな、『かみさま』は自分の死が自然に魂が離れるものなのか、器の破壊により引き起こされるものなのか、それさえわからんと仰るのだ。その前に、我々の手で彼女を確実に破壊し、もう一度の奇跡を願ったほうがよい。彼女ならば傷ついた器に再び戻ってくださる。我々はそう信じている」

「彼女は人間です！　二度も奇跡を願うのはあまりにも無謀だよ！」

「もうよい。お前の意見は聞いてはおらぬ。我々は『かみさま』を信じる。それだけだ」

面倒そうに、当主は手を振った。黒子によって、藤花は引きずられはじめる。

彼女は死に物狂いで暴れた。必死になって、藤花は朔に訴える。

「朔君、コイツらはこういう連中なんだ！　言うことを聞いちゃ駄目だ！　今度こそ、君は死ぬまで囚われることになる！　そんなこと、僕は許せはしないよ」

藤花の声は遠ざかっていく。彼女をどこへ連れて行くつもりなのか。朔は後を追いかけようとした。瞬間、彼も黒子に腕を摑まれた。幸いなことに、藤花と同じところへ連れていかれるらしい。そう気がついて、途中から、朔は抵抗の力を弱めた。

二人は地下牢へ放り込まれた。

この場は、かつて実際に使われていたらしい。隅の方に、変色した骨が見えた。水の腐敗した匂いがする。床は土が剝き出しになっていた。それは冷たく、肌にまとわりつく。

やがて、牢には鍵が掛けられた。人の気配は去っていく。

重い静寂が続いた。

不意に、藤花はぽつりと呟いた。

「僕が死ねばよかったんだ。なんでこんなことになるんだ。『かみさま』が今度こそ死ぬのに、僕が生きていていい話はないよ」

「藤花、そんなことを言うんじゃない。お前が生きていることと、『かみさま』の生死は無関係だろう?」

朔は手を伸ばす。彼は藤花の泥だらけの頬に触れた。それを拭ってやりながら彼は言う。

「俺はお前に生きていて欲しい」

こんな時でも、朔はそう語った。語らずにはいられなかった。藤花の冷たい核に、彼はあえて触れる。藤花は悲しそうな顔で微笑んだ。

その表情を見つめ、朔はかつてのことを思い出した。

＊＊＊

朔が藤花に始めて会ったのは、十三歳――『かみさま』に会う、二年前のことである。

藤花は八歳だった。

現代としては異質なことだが、藤花の従者となるために、朔は彼女の前へと連れ出された。十三歳の少年が、八歳の少女に仕えるため、片膝を地に着けながら顔を合わせたのだ。

黒服を身にまとって、藤花は美しく朔を見つめた。

桜が咲いていた。

後から招かれた――『かみさま』の庭のような、狂い咲きではない。

ただ、ふわり、ふわりと白が空を漂っていた。

その中心で、藤花はクラシカルな黒服に身を固め、佇んでいた。

片膝を突いたまま、朔は聞かされた言葉を反芻した。自身の母親の囁いたことだ。

『藤花様はね、かみさまになるのだよ』

朔の母親の妹の家から、『かみさま』候補に選ばれたのが藤花だった。そのため、朔はその従者とされることに決まったのだ。この人が俺のかみさまになるのだと、朔は思った。

一生を『かみさま』に縛られることになるのだと覚悟した。

今後、朔には自由に生きることは許されないだろう。

それはあまりに悲痛で、残酷な現実だった。

必死に、朔は泣き出したい気持ちを堪えた。

瞬間、藤花の顔はぐにゃりと歪んだ。

ん？　と朔は思った。

その前で、藤花は実に勢いよく泣きだした。

「き、嫌われるうううううううううう！」

すっとんきょうな言葉であった。

あまりにも、誰も予想しない絶叫だった。

朔と母親は呆気に取られた。無礼か否かも考えずに、朔は思わず尋ねた。

「き、嫌われるって、誰にですか？」

「僕が、朔君に、そんな風に片膝を突いてもらったからぁあああああああああっ！」

わけのわからない言葉だった。従者が主の前にかしずくのは当然ではないのか。

だが、そう混乱する朔の前で、藤花は泣きに泣いた。遂には同行している母親の狼狽を振り切って、彼女は駆け出した。藤花は朔を立たせた。そうして、腕に抱き着くと言った。

「僕はこっちのほうがいい！　君は僕の前にかしずく必要なんてない！」

「……はあ」

「跪くより、ずっと一緒に歩いておくれよ！　約束だよ！」

あれ好きだなと、思った。

こういうの、悪くないなと思った。

その瞬間、朔はとても単純なことだが。

藤咲藤花という少女のことを、人として好きになってしまったのだ。

＊＊＊

地下牢にて、長い時間がすぎた。

水と食料は渡された。暗がりの奥には厠があったので、困ることもなかった。

だが、『かみさま』の予言した死亡時刻は近づいてくる。

その前に、彼女は本家の人間達の手によって殺されるだろう。ただ、それを待つしかないのだが、朔には歯がゆかった。藤花もそれは同じようだ。二人は脱出の手立てを探る。

だが、成す術のない数時間がすぎた。二人が焦燥に堪えられなくなってきた頃だ。

突然、ふらりと黒子が現れた。

「……なんのつもりだ」

朔は藤花を背に庇った。だが、黒子の様子はおかしい。ふらふらと、彼は歩いてきた。そうして、黒子は夢遊病者めいた動きで地下牢の鍵を開けた。茫然と、その場に彼は佇む。

更に、黒子は片手にナイフを掲げた。

藤花を背中に庇い、朔は鋭く叫んだ。

「藤花、逃げろ」

「そんな、朔君！」

「ああ、これでお役目は果たしました」

黒子は言った。素晴らしい笑顔で、彼は自分の首に刃を押し当てる。朔達が止める暇もなかった。黒子の喉に唇を歪めたような、笑みめいた傷が刻まれる。

彼は迷うことなく、自身の首を切り裂いた。

地下牢の中に大量の血が飛び散る。血液は熱く、また鉄臭かった。

痙攣（けいれん）しながら、男は倒れる。

それを呆然（ぼうぜん）と、朔達は見届けた。次いで、二人は開かれた地下牢の扉に視線を移す。

こんなことを人にやらせられる者を、朔は一人しか知らなかった。

「行こう……藤花」

人に幻影を見せ、心を壊すことができる。

そんな者は、『かみさま』一人だけだ。

＊＊＊

道中には、死体が落ちていた。

何人もの、何十人もの死体が。

床は紅く濡（ぬ）れている。まるで上質な絨毯（じゅうたん）を敷き詰めたかのようだ。その上を、朔は藤花と強く手を繋（つな）いで歩いていった。祭壇前の階段には、より多くの死体がある。血が川のように流れていた。だが、その上には黒のダブルスーツを着た従者が平然と座っている。

目を細めて、朔は彼に尋ねた。

「死体は気にならないのですか？」

「別に。私の主はただ一人ですから。誰が死のうと、些末事（さまつごと）です」

彼は笑顔で応えた。従者は二人を止めようとしない。

朔と藤花は『かみさま』の元へ行く。その途中で、藤花は朔の袖を引いた。

「あのね、朔君……君から聞いた情報を基にして考えると、これは……」

彼女はある推測を告げた。ソレを聞き、朔は頷く。

御簾はあがっていた。紅い座布団の中央で、安らかに、『かみさま』は眠っている。死体に囲まれながら、『かみさま』は夢の中にいた。朔と藤花は彼女に近づいていく。

途端、周囲の光景は一変した。すべてのものが、桜の花弁に変わる。

紙細工を千切るように、祭壇の光景は失われていった。

視界は、広大な庭園に切り替わる。その中に、朔は立っていた。

桜が、
桜が狂い咲いている。

白の嵐の中、黒の姿がいる。

いつもどおりに、
ここは、少女の世界だ。

彼女の鳥籠だ。

不意に、少女は笑った。

今回、朔は思う。

こんな晴れやかな笑みは、初めて見たと。

美しい光景の中、少女はどこか高みから聞こえるような声で囁いた。

「やあ、朔君」

「考えてみれば、わかりきったことでしたね、『かみさま』」

朔も応えた。目を閉じ、彼は思い出す。

本家に大量に落ちていた死体について。

そうして、朔は藤花に囁かれた内容を告げた。

「貴方は幻影を見せて、人の精神を壊すことができる。心配しなくても、貴方を殺せるものなど、この世にいはしなかった」

「そう、そのとおりだよ」

「また、貴方に予知能力はない。つまり、貴方は自分の死を予言したわけではなく、」

朔は少女を見る。

少女は朔を見る。

朔は思う。

ああ、なんて澄んだ瞳だろう。

そして、
朔は彼女に告げた。

「自殺をするつもりだった、そうですね」

『かみさま』は頷いた。

まるでただの子供のような、無垢な笑顔で。

現実では、数多の死骸のただ中にいながら。

＊＊＊

「そうだよ、僕は自殺をするつもりだった。そうしなければならなかったんだ。本家の狂信は、僕が動かなければならないほどに膨れあがっていた。そのために、僕は宣言を出した。そうすれば本家の狂信者達は動くだろう？　後は手を血で汚すことを厭わなかった者達を選んで一網打尽にするだけだ。そうすれば、僕はあまりに危険な集団を消すことができる」

「そうして、貴方は虐殺を行った」

「そのとおりだよ。何度も言っていただろう。本家の妄信が致命的な変容を迎える日がくれば、僕は成すべきことを成さねばならないと。だから、僕は成した。それだけだよ」

「それまでに、本家の手で殺された娘達のことは？」

朔は尋ねる。その問いに、『かみさま』は悲しげに答えた。

「僕に普通の倫理観は期待しないほうがいいよ？　それに、僕が何も成さないで死ねば、もっと多くの娘達の腹が裂かれたことだろう。数十、数百と、最後には藤咲の者ではない娘まで巻き込んで——新たな『かみさま』を造り出すという、旗印の下に、ね」

そう、『かみさま』は苦笑する。白の中、彼女は孤独だった。それは当然だと、朔は思う。

朔は、彼女の隣に立つことを断わったのだから。どこまでも一人な人は、寂しく囁く。

「——僕を責めるかい？」

「いいえ、俺はその言葉を持ちません」

朔は答えた。

彼には何も言うことはできない。かつて、朔達はたくさん話をした。その中で、彼女はこの運命をすでに予測していたのだから。

きっと言うべきことがあったのなら、
あのかつての日に。

だが、もう間に合わない。

そうかいとだけ、『かみさま』は頷いた。

沈黙が広がる。

ざぁっと重い風が吹いた。

白い花吹雪の中、相変わらず『かみさま』は綺麗だ。

彼女は、朔に尋ねる。

「僕を殺した犯人は見つけられたかな？」

「俺に聞かなくても、貴方は犯人を知っていたはずだ」

『かみさま』は微笑んだ。

それは悪戯じみた笑みだ。

朔は答えない。彼は沈黙を保つ。だが、『かみさま』も何も言わない。

やがて、朔は答えを喉奥から押し出した。

「貴方は護衛役を欺き、一人旅に出て、線路にて突き落とされた。つまり、犯人は一緒に旅に行こうとしていた人間と考えられます。貴方がそれほどに心を許していた相手は、貴方の従者以外にありえない」

「なるほどね」

「今まで、それを伏せ続けてきたのは、貴方が彼を大切に思うがゆえだ」

一気に、朔はそう告げた。

じっと、『かみさま』は朔を見つめる。何かを問いかけるような視線だった。

だが、やがて、彼女は大きく頷いた。

「うん、君がそう思うのならば、それでいいよ。代わりにその真実は黙っていて欲しい」

「……わかりました。俺には誰にも言うつもりはありません」

「元々、これは君がその人から聞かされるくらいなら、僕から促した方がいいかと機会を与えただけだしね。こういった形で終わるのならば、それでもいいよ」

『かみさま』の言葉に、朔は答えない。

彼女は両腕を広げた。

白の中、黒がぐるりと回る。

くるくると、彼女は何度も踊った。

踊って、

踊って、

『かみさま』は囁く。

「僕の異能は殺されることで完成した。そうして死の淵を覗いた後に、気づくようになってね。僕は本当はここにいていい生物じゃないんだ。僕は本当は、僕の呼び出せる霊や幻影達に近い存在だった。所詮、僕は一人で、異物にすぎない……だから、僕は成すべきことを成して、行くべきところへ行くよ」

謳うようにそう囁いて、

あまりにも穏やかな笑みを、『かみさま』は浮かべる。

「ああ――――これでやっと、すっきりした」

たった一言だった。
それだけ言って、『かみさま』は自分の魂に何か致命的な変容を加えた。
すべてのものが凍りついた。
幻影は失われ始めた。
大量の桜が、千と万と散って、
最期の狂い咲きの後、
朔は元の空間に戻された。
彼と藤花（とうか）の前には、『かみさま』が横たわっている。
彼女の中に彼女はいない。
こうして、

さよならを言う暇もなく、『かみさま』は死んだ。

エピローグ

『かみさま』の従者は「ありがとうございます」とだけ、朔達に言った。

これが、主の望みだったからと。

彼を一人残して、朔達は屋敷を後にした。

当主も含めた本家の大部分が亡くなったこと。『かみさま』の死亡により、藤咲家は大混乱に陥った。だが、生かされていた異能の強い少女を掲げる分家が、ここで本家を乗っ取り、上手いこと藤咲家は回り始めたという。『かみさま』という本物を失った以上、今後、藤咲家は詐欺紛いの異能の効力を掲げ、騙し騙しやっていくのだろう。

だが、それは別に朔と藤花には関係のないことだった。

二人は逃走の道にあった。

このまま残っていては、藤咲家に朔の異能は確実に利用される。

そうすれば長い拘束の道が待っているだろう。それだけは避けたかった。

アパートに一度戻った後、二人は手早く荷物を纏めた。今、大きなスーツケースを携えて、二人は駅で電車を待っている。藤花の鼻は紅い。ぽつりと、彼女は呟いた。

「新年、祝えなかったね」

「ああ、アイス残念だったな」

「鍋もだよ」

「そうだな」

「お餅も」

「そうだな」

それはとても寂しいことだった。藤花はずずっと鼻を鳴らす。また、二人の間に沈黙が落ちた。やがて、朔はなんてことのない話をするように口を開いた。

「なあ、藤花」

彼女は振り向く。真っ直ぐに藤花を見つめて、朔は続ける。

「『かみさま』を一度目に殺したのは、お前だろう？」


藤花は答えない。だが、否定もしなかった。

それがすべての答えだった。

面談時、最後に『かみさま』に近づいたのは朔だけではない。朔は『かみさま』の誘いを断る際、『藤花が待っていますから』と応えた。実は、当時、まだ朔の主だった藤花も従者を譲り渡す儀を行う必要性があるかと同行していたのだ。帰る直前にでも、彼女は朔と同様に、『かみさま』に旅行の誘いをかけることができた。また、『かみさま』が油断したのは、同い年の少女に誘われたのが初めてだったからだろう。

そう考えれば、何もかもが自然に思える。

何よりも、『かみさま』が朔に犯人捜しを頼んだのが一番の証拠だった。

『かみさま』は『これは君がその人から聞かされるくらいなら、僕から促した方がいいかと機会を与えただけだしね』と言っていた。

つまりは、そういうことだったのだ。

藤花こそが、『かみさま』殺しの犯人だった。

長い、時間がすぎた。

やがて、藤花はぽつりと囁いた。

「少しだけ違う」

黒い目を、彼女は朔へ向けた。藤花は今にも泣き出しそうだった。だが、彼女は涙を落とさなかった。柔らかく微笑んで、藤花は言った。

「『かみさま』は死にたがっていたんだ。自分は死にほど近いところにいる。それだけではない。自分という存在は一度、死に触れなければ完成しないだろう。そう、強く感じる。でも、自分で死ぬのは怖いと言った。誰か、頼まれてくれないかと……だから、僕は彼女を突き落としたんだ……それに、僕はそうしなくちゃならなかった」

「なんでだ？」

「僕が『かみさま』を殺さなければ、朔君は一生お役目に囚われるはずだったから」

ああと、朔は頷く。

そんな気はしていた。

『かみさま』の隣にいるのは、固く拘束されること。

人の身で、ソレはあまりに耐え難い。


すべては、朔のためだった。


更に、空を仰ぎながら、藤花は続けた。

「霊能探偵をしていたのも、実は『かみさま』への対抗心のためなんかじゃない。あの人に勧められたからだったんだ。僕一人だけだと、解決できる事件には限りがある。君もやってみたらいいって。約束を、したんだ。生きる意味を見つけられるようにって」

「……………そうか」

「僕はね。朔君を拘束される立場から解放してあげたかった。でも、結局、朔君を僕へ縛りつけてしまったね。気づいていたんだ。これじゃあ、何の意味もないね。本当は、朔君は僕になんて興味はないはずなのに、かつての主従関係なんかに縋って、僕は」

「藤花(とうか)」

「うん？」

「好きだぞ」

そう、朔(さく)は告白した。藤花は瞬(まばた)きをする。慌てて、彼女は口を開いた。

藤花は反論の言葉を口にしようとする。彼女に向けて、朔は続けた。

「俺はお前のことが好きだ。だから、お前と一緒にいるよ」

「ばっ…………かじゃないかな」

藤花はそう応えた。彼女は頰(ほお)を紅く染めている。だが、ギンガムチェックのマフラーに顔を埋めて、藤花は急に泣きだした。ぽろぽろと、彼女は大粒の涙を落とす。

その頭を、いつものように朔は撫(な)でた。

「馬鹿、ばか朔君」

「馬鹿で結構」

「君は大馬鹿者だ」

「ああ、それでいいよ」

「僕は殺人者なのに」

「そんなお前を好きになったんだ」

「僕は死んだほうがいいのに」

「そんなことは誰にも言わせない」

とんっと、藤花は朔のコートに顔を押しつける。朔は彼女を包み込むように抱き締める。

ああと、朔は思う。

かつての『かみさま』の心配を、彼は思い出した。

朔の死を、『かみさま』は予言していた。

いつか藤花を守るこの気持ちが、朔の死に繋がるのかもしれない。

それでも、彼は構わなかった。

単純で、明快で、恥ずかしい話だが、
好きな少女の、ためなのだから。

やがて、藤花は囁いた。

「ずっと、一緒に歩いておくれよ……約束だよ」

「ああ、約束だ」

もうすぐ列車が来る。

朔も藤花も動かない。


主人が一人、従者が一人。

殺人者が一人、傍観者が一人。

そうして、恋人達が二人。

手を繋いで、二人は夜の中を逃げ出した。

遠く、遠くへ。

あとがき

『B.A.D.』という小説がありました。

他でもない、この私、綾里けいしのデビュー作であり、ファミ通文庫様から出版されたお話です。この『霊能探偵・藤咲藤花(ふじさきとうか)は人の惨劇を嗤(わら)わない』はそちらを本歌取りしつつも、全く新しい話を構築しようと、試みたお話でした。目標はミステリー要素と伝奇の融合でした。この令和の時代に、現代伝奇事件ものを出そうと、GOをくださったガガガ文庫様には感謝しかありません。編集のK様、藤花達に命を吹き込んでくださった、生川(おいかわ)先生にも深くお礼を申し上げます。また、こうして本を手に取ってくださった皆様、本当にありがとうございました。お楽しみいただけていれば幸いです。

今回はあとがきが文庫4ページあります。全部あとがきで埋めようかとも思ったのですが、もったいないなと考え直したので本編その後のSSをつけておきます。おまけ感覚で、お読みいただければ幸いに思います。次からどうぞ。

――――――ネタがわかる人がいるか微妙なキリトリ線――――――

夢を見た。

夢とわかっていて、見る夢だ。

白の中に朔（さく）は立っている。ひらり、ひらりと白は宙を舞い踊り、水面に螺旋を描いて落ちた。

その間には、黒い人が佇（たたず）んでいる。洋傘（ようがさ）を差し、彼女は桜の海の中に立っていた。

その目は朔を映してはいない。

彼に背を向けて、彼女は遠く、どこか遠くを見つめていた。

きっと、もう二度と、彼女が朔を見ることはないのだろう。

そう朔にはわかっていた。だが、また不意に振り向いてくれるような、そんな気もした。しかし、それにすがってはならないだろう。もう、誰も彼もが、彼女を自由にしなければならない。

今まで、彼女はずっと縛られてきたのだから。だから、黒い背中に、朔は呼びかけはしない。

ただ一言を、彼は告げる。

やっと口にできる一言を。


「さよなら、かみさま」


ああ、そう言えば、彼女の名前はなんだったのだろう。

今更、そんなことを思っても、もう遅い。

その思考を最後に、夢の中の光景は溶け消えた。

そっと、朔は目を開く。定期的な振動が、彼の座席を揺らした。朔と藤花は、二人で電車に乗っていた。藤花は朔にしがみついている。これからもっと大きな駅に出て、そこから本格的に移動をするのだ。半ば、藤花は目を閉じていた。彼女の肩をぎゅっと抱き締め、朔は思う。

愛しい。手放したくない。

だが、二人の逃避行の先行きには困難が待っていると思えてならなかった。藤咲だけではない。永瀬や山査子もどう動くのかは不明だ。場合によっては、藤咲以外の勢力の助けを借りることとなるかもしれない。これから先の話は何もかもが不透明だ。それでも、朔は決めている。

藤花だけは絶対に守ると。

自分の愛した少女だけは、何があっても守り抜いてみせると。

ただの従者であった時よりも、その思いは強くなっていた。だからこそ、朔の耳にはかつて聞いた言葉が、不吉な予言のように響いた。

『あるいは、君が死なないか』

『生きる理由を他に依存させている者は、そのためならば平気で命を投げかねないからね』

いつか、この想いが、自分を壊すのかもしれない。

そうでなくとも、目を潰す必要性に駆られる日は来るのかもしれなかった。

朔は覚悟を固める。二度と見れなくなってもいいように彼は藤花を見つめた。視線に気づいたらしい。涎を垂らしていた藤花はハッと目を覚ました。口元をごしごしと擦って彼女は言う。

「なっ、なにかな、朔君！」

「別に、なんでもないよ」

「……なんでもないって視線じゃないよ？」

「単に、かわいいなって」

そう言うと、藤花は真っ赤になった。何事かを叫んだ後、彼女はもごもごと言葉にならない声を出す。その頭を、朔はぐしゃぐしゃと撫(な)でた。同時に、彼はかみさまのことを思い出した。

一度、藤花が殺した少女のことを。

最後には自ら命を絶った人のことを。

(俺は生きてみせます。たとえ、最後は無惨に死ぬこととなったとしても。藤花のために)

彼女はなんと言うだろうか。きっと、寂しげに笑うだけだろう。

どちらにしろ、返事などない。朔も求めてはいない。

かみさまはもう死んだのだから。

夜の中を、恋人達は行く。

先は見えず、暗闇(くらやみ)は濃い。

それでも、二人は二人だった。

GAGAGA
ガガガ文庫

霊能探偵・藤咲藤花は人の惨劇を嗤わない

綾里けいし

発行　2021年11月23日　初版第1刷発行

発行人　鳥光 裕

編集人　星野博規

編集　小山玲央

発行所　株式会社小学館
〒101-8001 東京都千代田区一ツ橋2-3-1
[編集] 03-3230-9343　[販売] 03-5281-3556

カバー印刷　株式会社美松堂

印刷・製本　図書印刷株式会社

Printed in Japan　ISBN978-4-09-453042-1